世紀の二枚舌《ダブルトーク》6

目次

青春か学問か

Q 大師匠様　恋か学問かで悩んでいます。お教えください。（17歳高校生）

A 勉強は一生出来る。しかし、青春は短い。

言うまでもない。恋を取る。

それに、今や大学クラスの学問はパソコンの中に入っている。いわば毎日大学を一校か、二校持って歩いている時代だ。

次世代の、学問の在り方、学校教育の在り方が問われているといった時代だ。そんな学問ぐらいの小っちゃなことにとらわれてないで、青春だぜ。青春は短い。

勉強をした奴に青春があった奴がいた試しはない。ガンガン青春を楽しめ。

将来、俺には青春がなかった、といわないでもよいように。

因みに、私も青春派だった。女の子の尻ばかり追いかけていた。いい青春だった。

学問……。

やったらできたと思うよ。試したことがないからわからないが、やったら東大や京大、ハーバード位は固かったと思うよ。やらなかったから分からないが。

まあ、やらなかったけれど、結構楽しく生きている。

いいかい、君。

青春は取り返しがつかない。恋だぜ。恋だ。恋だ。

それが最高の人生だ。青春のなかった人にはわかりっこない人生の喜びをあなたは今体験できるのだ。

そこに気づかないと取り返しがつかない。

さらに付け加えれば、学問で人生を生きていくわけではないのだ。人生は愛だ。愛のない人生は学問がある人生より不毛なんだ。わかったかい。

しかし、ここが肝心なのだが、彼女を口説き落とすぐらいの素養と教養と知識ぐらいは、人がアッというくらい身につけておけ。

男さえ磨いておけば、人生なんてたやすいものだ。

青春とは男を磨く基礎編だ。

頑張りたまえ。

（2011年10月1日）

スイーツ

Q 今やたらにスイーツが持て囃《はや》されていますが、日本には古来お菓子があります。しかしなぜ菓子と呼ぶようになったのでしょうか。お教えください。
（20歳料理学生）

A 人間は最初動物たちと同じく朝と夕方の二食しか食べていませんでした。この間に間食として果物や木の実を食べました。

文字で言いますと「菓」も「果」も果物のことで「子」は「種」のことです。菓子つまり間食に摘まんだ果物や木の実に起因しているのです。

果物はみずみずしいうちに好まれて食べられたので「水菓子」と呼ばれるようになりました。また干して保存した果物のことを「干菓子」といいます。

秋ということで、古来の菓子の中から私が大好きな水菓子と干菓子を。

日本山という柿の品種の熟し柿。能登の干し柿、サワシ柿。

この加工技術の素晴らしさは世界を圧している。他の国々ではお目にかかれない世界一です。

(日本が生んだ世界の追随を許さない最高のスイーツであります)

もちろん自然食品で、あれこれと健康に良い。

日本の医学者に、その辺を世界にアピールしてもらわないことには、日本の経済が復活してこない。

まず、女性が世界のブランドに目を向けている間は、日本の浮上はありえない。アホな洋物かぶれのセレブに喝を入れよう。日本からブランドを作るためにも。

(2011年10月2日)

女子高校生

Q 君は僕のスイーツだ、と言われました。どんな意味でしょうか。お教えください。

（16歳女子高校生）

A いいかい。君をいつくしむ言葉です。そんな事を誰にも聞いてはいけない。そっと大事に胸の中に仕舞っておきなさい。

といっても、興味のある年頃だ。

少しだけ大人の世界風に。

その言葉にあなたの未来の可能性があるとしたら、その言葉に美しい人生の華があるとしたならば、君は、意味も答えも必要とはしていないはずだ。

わかったかね、スイーツちゃん。

（2011年10月2日）

人情 安宅の関

Q 「人情　安宅の関」

最近読んだ本でこれだけ感動した本はありません。友情、慈愛、愛情、恋情、全てにおいて我々が疎《おろそ》かにしてきたものへの提案、警鐘が爽やかに綴られていますが、心地良く胸を打ちます。結納、結婚式の場面にも、新しく親族になる人々の喜びと歓迎がユーモラスに書かれていますが、見せかけの権威主義的な現代の結婚式から見れば、身うちの大切さがひしひしと胸を打ちます。

そして、全編に散りばめられた絆の大切さに胸が締め付けられます。

　こんな名作を歌舞伎十八番「勧進帳」ファンの、アメリカ人の友人に送りたいと思いますが、英語版は出されないのでしょうか。お尋ねします。日本人を理解してもらう上にこれだけの御本はありません。是非英語版をお出しください。

（49歳主婦）

A　そこのところは考えてきませんでした。検討します。
（2011年10月3日）

がん対策

Q　師匠　我々の体内ではたえずガン細胞が出来ているというのは本当でしょうか。またどうすればガンにかからなくて済むのでしょうか。お知恵をお願い致します。
（53歳商店主）

A　私たちの体内でたえずガン細胞が出来ているというのは本当です。しかし私たちの体には免疫機構があって、すぐに発見して潰してしまいます。ところが老齢化して体力が衰えたり、疲労で体力を消耗したりすると免疫力がなくなり、ガン細胞を駆逐することが出来なくなります。

さらに、ストレスがたまり落ち込んでいると、免疫機構が途端に働かなくなってしまい、ガンになり易くなってしまいます。

さて、対策は未だ研究中です。なぜなら私は今まだ生存中で、色々試しているモルモット状態にあります。

だから強いことは言えないが、今までのところを発表します。(研究が完成したらネイチャーに発表の予定ですといきたいのですが)

一番効くのは、恋愛です。

なぜならば、年を取って恋愛から遠ざかるにつれ、がん発生率がアップする、というのが私の最大の根拠であります。今現在素晴らしい恋愛中で研究段階ですが、がん細胞は恋愛をしている肉体にはどうやら勝てないことがわかりつつあります、私の研究では。

しかも、若さも保てるという現在の医学や科学ではとても勝てない素晴らしい効果があることも分かってきています。これも、私の研究では。

まだ研究段階ではありますが、恋愛は生命最大の幸せを演出し、すべてのストレス、病魔、ガンまでもに打ち勝つ最大の医薬品であります。

あなたも相思相愛の医薬品をお持ちになられることをお薦めします。

がん対策恋愛研究会理事長

戸田宏明　てか。

(2011年10月3日)

原風景

Q マスター　誰にも一枚の絵のように心に残る風景があると思いますが、マスターの心の原風景をお教えください。

（49歳主婦）

A ドイツの有名な民謡『菩提樹』を初めて聞いたのは、ウィーン少年合唱団の映画を見た時だった。

注釈を読むと、

一人の若者が、少年の日、夢をはぐくんでくれた大きな菩提樹のある故郷を後にして流浪の旅に出た。

辛い放浪の旅にあって、ふと目をつむると耳に聞こえてくるのはあの菩提樹の葉ずれの音である。

あたかも、

「早く帰っておいで、ここがおまえの心安らぐところだよ」

と、囁《ささや》くように

まあこんなところだが、当時少年であった僕もその時、日本の唱歌にも心安らぐ故郷を歌ったものがないだろうかと調べた。僕は美声ではなかったがウィーン少年合唱団の清らかさをもった美少年だった、かな。

その結果、

やはり『故郷』が際立って優れていることを知った。

紹介すると、

『故郷』

一、兎追いしかの山

小鮒釣りしかの川
夢は今もめぐりて
　忘れがたき故郷

三、志をはたして
　いつの日にか帰らん
山は青き故郷
　水は清き故郷

私は『故郷』は、『菩提樹』をはるかにしのいでいる世界の名曲であると強く思った。

私は良く辛い時に『故郷』を口ずさむようになった。

そして、いつも

　志をはたして
　いつの日にか帰らん

で、涙ぐんでしまう。

さて私の心に残る原風景は今は開発の手が入ってどこにもない。

しかし、この『故郷』を唄うと、僕の目の前に僕のふるさとが広がる。

私の原風景は今も心の中にあって、時々車窓の人となって旅に出ると、その景色を追いかけている自分を知ることになる。

それにしても、

欲望と政治は、この国を一体どうしたいというのかい、エッ。

（２０１１年10月4日）

愛を得た日

Q お尋ねします。今までの人生で最高に幸せだった日はどんな日ですか。

（頑張る女性経営者）

A 愛を得た日

（2011年10月5日）

縁起を担ぐ

Q 先生　ネットを検索していたら、先生が「人情安宅の関」という時代小説をお書きになっていらしゃることを知りました。

早速アマゾンで購入して読みました。素晴らしいです。先生の唱えられる説通り、富樫が腹切る覚悟で通関を許さなければ「勧進帳」の話はなかったはずです。歌舞伎ファンですが、今まで富樫のことは何も知りませんでした。

大変面白く最後まで一気に読みました。読後になんともいえないさわやか感が残る名作です。是非皆さんにもお薦めいたします。

さて、質問ですが、マスターは縁起を担ぎますか、嫁の母はなにからなにまで縁起を担ぎすぎるので、このスピードの時代、手間が取られてわずらわしくてしょうがありません。どうしたらよいでしょうか。

（34歳養子）

A　縁起を担いだことがないので分からない。
　今までに担いだものはといえば、神《み》輿《こし》、師匠、引っ越し荷物ぐらいだ。

　あなたも嫁や姑ばかりを担いでなくて、神輿ぐらい担いだらどうだい。男らしいと思うよ。


（2011年10月5日）

旅行

Q　師匠は時代小説をお書きになっておいでですが、旅行が行われるようになったのはいつ頃からでしょうか。また携帯旅行食はどんなものを持って歩いていたのでしょうか。お教えください。

（弁当屋経営）

A　なかなか渋い質問です。仕事柄のこととは申せ、大変にお勉強家でいらしゃいます。あやかりたいものです。
　さて、奈良、平安時代になりますと、全国統治が行われるようになって、国司（現在の県知事）の現地赴任が行われるようになり、海路、陸路がだんだんと整備されていきました。儲けに目ざとい商人たちが交易商業に行き来しだすと、日持ちの良い旅の携帯食が考え出されました。

　当時は道といっても唯踏み固めたようなもので、道中は大変な労力がいりました。そこで主に持ち歩きに簡単な乾燥品が多く用いられました。まず米の保存食乾飯《ほしいい》（米を一度煮るか、蒸したものを、天日で干したものを、食べるときに水か湯につけて柔らかくする）と味噌、梅干しぐらいの携帯食が始まりでした。

　しかし、どの時代にもグルメがいまして、副食として干し魚、漬物を携帯して旅を楽しむようになりました。

　また、修験者である山伏たちが広く用いたものに餅があります。

　修験者の人たちが食べられるところから、霊験あらたかなりと力餅と呼ばれてもいました。また、餅は持って歩くことから持ち飯と呼ばれていました。その上、日持ちが良いところからも、もちと呼ばれていましたが、やがて庶民の間に広がっていき出すと簡略されて餅と呼ぶようになりました。

　この辺りが携行旅行食の原点なのでしょうが、魚を塩蔵した宍醤《ししびしお》を副食として持ち歩いた琵琶湖周辺の商人たちが、忙しさにかまけて飯と一緒に食べた。このスタイルが進化したものが押し寿司ではないかと私見ですが私は睨んでいるのです。

　また、日本の旅行食とははっきり言えるのはこの押し寿司が始まりでないかとも私は睨んでいます。

　浪曲に「森の石松千石船」というのがあります。

「寿司食いね」

で大変に有名で皆様方にあられても良くご存知かと存じます。

　あの場面は金毘羅さんの参拝を済ま

せた石松が清水に返る下り船の中でのシーンですから決して握り寿司ではないのですが、どの芝居を見ても、映画でも江戸前の握り寿司になっています。

当然上方からの下り船で提供される寿司ですから、日本の携行旅行食の原点である押し寿司でなければいけないのですが、どういうわけか握り寿司になっている。

これは美味しい押し寿司を食べたことのない人が製作するからこうなっちゃったわけです。

食べ物は怖いですよ。その人の人生をいっぺんに遡ってしまうんですから。

押し寿司といったら、それはもう秋祭りです。

お米の取り入れが終わったこの時期は、秋祭りが盛んに行われます。実はこの祭り料理の全てが、旅行携帯食の原点であるとみています。祭りがおこなわれることによって、古代から食の文化が受け継がれてきたのです。ですから、祭り料理を作らなくなるということは文化を捨てていくということなのです。

そしてこの村祭り料理が私の大好物なのです。また、日本人なら二つ、三つの乳飲み子でも一口食べたらこれは旨い、これだ、これだと叫び声をあげたくなる味覚のルールを瞬時に察知できる。

あなた、弁当屋さんなら、日本人ののどチンポコの味覚をどうか守ってほしい。

研究すべきは、押し寿司と秋祭りの伝統田舎料理だよ。
しっかり頼むぜ。

こんな質問に答えていたら、押し寿司と伝統田舎料理が食べたくなって腹の虫がおさまらなくなってきた。

各地に伝わる様々な押し寿司、さまざまな伝統田舎料理、考えただけで震えが来る。

誰か僕を山間《やまあい》の村祭りに連れってってっ

て。誰か波の音《ね》優しい漁村の村祭りに招待して。

ああ、お願だから、誰か僕を村祭りに連れてってって。

「俺が誘《さそ》おうかい」って。

おいおい、誘いは絣《かすり》の着物が似合う女性に決まってるだろう。しっかりしろよ。

（2011年10月6日）

人生とは

Q 教授様　いきなりなんですが人生とは何ですか。

神はなぜ私に人生を与えたのですか。お教えください

（17歳高校生）

A 人生とは、信じあえる人を見つけることです。

あなたが人生を豊かに生きるために、神はあなたに二つのプレゼントをしている。

それは友人と愛し合える人だ。

君は若くて、まだ気づいてはいないかもしれないが、やがてわかる日が来るだろう。

愛し合える人こそが、神からの最大のプレゼントであることを。

偉そうなことを言ったが私も気付いたのは最近だ。

年を取らないとわからないこともあるんです。


（2011年10月7日）

男になれ

Q 二十歳で成人式というのはおかしいように思います。

それに二十歳では、すでに性人している人の方が圧倒的に多いと思われます。

それも、男性より女性の方がはるかに多いように見受けられます。

女は女子会等で盛り上がっていますが、男子は閉じこもりっきりで、盛り下がっているように見えます。

男子が荒々しくなければ、どんどん結婚できる女の人も減り、少子化が進んでいくように思えるのですが、成人式よりも男子の場合は元服式をもうけ、女性より一足早く「男性に一歩踏み出したんだ」という意識づけをした方がよいように思えますが如何でしょうか。


（40歳へーアドレッサー）

A 私が中学に入学することになった時、それは小学校に入学する時とはまったく違ったお祝いの品で机の上が埋まった。

それはすべて、大人が使う物と一緒の品々であった。

ランドセルから手提げかばん。これだけでも子供じゃないぞという、宣言だと思ったものだった。

しっかりしようと心に誓ったものだった。

それに、鉛筆から一気に万年筆だ。嬉しくて学生服の胸に差して歩いた。

しかし、どういうわけか、万年筆の御祝いが多く、胸にもらった万年筆全部さして学校に通った。あれは今思い出しても恥ずかしい。

次が凄い。父より腕時計をもらった。

父は僕に腕時計をくれる時、たった一言「時は金なり。1分1秒、学問を疎かにするではない」といった。これが父が私に対して垂れた最初にして最後の教訓だったが、この教訓をおろそかにして私はミーチャン、ハーチャンしていた。父の教訓を生かしていたら今頃はと思うと、中学に上がるということは一種の、男にとって元服であったのではないかと思う。

なぜならば、父からもらった腕時計は随分とデートの待ち合わせに活躍した。私は父からもらった腕時計で大人になったといってもいいくらいのものだ。

中学入学を元服と位置付け、成人に

向かって一歩踏み出せたことを感謝している。

元服式賛成です、ハイ。

（2011年10月7日）

カレーライスかライスカレーか

Q 師匠　カレーライスとライスカレーはどう違うんですか。お教えください。また、師匠はどちら派ですか。
（レストランシェフ）

A ご飯の上にカレーがのっかっているのがライスカレーで、ご飯と別々にセパレートで出てくるのがカレーライスだと結論付けて良いのではないかと思われる。家で食べるのはほとんどがライスカレースタイルでないかと見受けられる。

そして、家で食べるライスカレーは、インド料理店やアジア近隣の諸国で食べるような旨くなくてよい。漬物と同じくそれぞれの家庭の味があって面白い。そして一様にこれはまずくて食べられないというものはない。なぜか食べられちゃうのであるから不思議な料理としか言いようがない。

しかし、学校給食のときは確かカレーライスといった。

「今日の給食はカレーライス」

というと、妙に張り切る奴がいた。他の給食ではそんな記憶がない、となると、その当時としては限られた洋食料理だったのかもしれない。

私の好みでお話しすると数あるカレー料理の中で、魚貝のカリーライスが好きだ。ところが世界ではあまり見かけない。ところが、この魚貝カリーライスが堂々と日本の三ツ星ホテル・レストランのメニューにも載っているのである。

一度、皇室の賢所《かしこどころ》の方々のお越しになるところでカリーライスを食べたことがある。

私が外でカレーライスを食べる時は、魚貝カレー一本である。

注文してから出てくるのに随分と時間がかかった。やがて、しずしずと運ばれてくると、当然といえば当然なのだがカリーとライスがセパレートで出てきて、私の期待を裏切りはしなかった。伊勢海老も帆立て貝もプリンプリンで私は桃源郷を味わった。

レジで料金を聞いて私は、やはりそうだろうな、と思って外に出た。

そしてすかさず、財布の中身をチェックすると同時に、かあちゃんの野菜のごろごろした、肉を探し出さないとわからないようなライスカレーが思い出された。

私はライスカレー派です。なぜなら、それ以来、外ではカリーライスを食っていないのだから。

（２０１１年10月８日）

セカンド・バージン

Q 先生　私は同じ職場に働くKさんという男性が好きになりました。Kさんは私の5つ年下です。Kさんは最近私に結婚を申し込みました。ところが、私には過去があります。4年間付き合ったSという方がいて、深い関係がありました。今は、Kさんのことが好きで好きでたまりません。Sとのことを思うと心苦しくてたまりません。わたしはKさんに一切を告白するべきでしょうか。それとも黙って申し込みを受けるべきでしょうか。

（33歳悩める女性）


A 最近、稀なる身上相談です。

　近年は、ビューティフルな女性の時代で、次々とそのことを証明する社会現象が起こっている。

　なかでも、セカンド・バージンという造語のインパクト、素晴らしさ、美しさ、軽快さには脱帽した。

　女性が社会進出するということは、そういうことだったのかと、気付かされた一撃だった。

　最早、セカンド・バージンは社会現象であって、告白も、申し込みも、受け入れるべきかどうかのアンサーは、必要とされていないし、必要性がなくなった。

あっという間に時代が解決してしまった。

もう答えはおわかりですね。あなたは悩むことも、心配することも、質問することも全く必要がなかったという、ただそれだけのことです。

わたしがこのブログを書いているあいだにも地球は廻り、時代が進んでいる。

最早、サード・バージン、フォース・バージン……ツェルブ・バージンという時代に進んでいるかもしれない。

悩んでいるよりも申し込みを受け入れるべきです。時代の歯車は女性のあなたに味方しています。

ＯＫです。


（２０１１年10月9日）

女性に何を望むか

Q 師匠は女性に何を望まれますか。

（21歳男性）

A そんな女性全体に向かって大上段なことは言えません。まず、この世の男性にあってそんなことを言える人は一人としていないでしょう。
あえて、申しあげろと言われるならば、健康、とでも申しておきましょうか、安全対策上ね。

（２０１１年10月10日）

おんな心

Q よく、「女心は秋の空」であると比喩されてきましたように、次々とところ変わる、変化するものなのでしょうか。お教えください。（30歳男性）

A エッ、私は女心とは、美しく澄みわたった秋空のようなものだ、と解釈してきました。

初耳です。

（２０１１年10月10日）

鼻持ちならぬ奴

Q 師匠　日本経済新聞の縄田一雄氏の書評を読んですぐ、御著「人情　安宅の関」を読ませていただきました。

感動の大作です。映画化されるか、ドラマ化される日が楽しみです。

さて質問ですが、最近の若者たちには躾《しつけ》がなされていないのか、鼻持ちならぬ輩が随分と目につきます。是非師匠から警鐘をお願い致します。

（58歳園芸家）

A 私が遭遇した鼻持ちならぬ奴

一、鮨屋さんでシャンパンや白ワインを飲んでいる奴。

（胸糞がわるくなってすぐ上がった）

一、料理屋さんで、他の料理屋の自慢をする奴。

（「○○の方がもっと美味しいわよ」）

そういう話は食事中に話す話題ではない。そして、側で聞いていて「なんだ、そんな店しか知らないで、そんな話をするのかい」と呆《あき》れてしまう。まあ、食事中に他の店の話をするくらいの人のことだから、それくらいだろうが。

一、割り箸を歯で割る奴。

（芝居や落語の世界ではない。そんな世界から学ぶのはものの正邪である。良いお店であるとか、高級店に御一緒するのは願い下げだ。

一、夫婦でもないのに連れの女性に財布を渡し、払わす奴。

（こういう奴を田舎者という。田舎だってジェントルマンはいるんだぜ）

一、たかが、虫が入っていただとか、量が少ないとか、勘定が高いとか、ネット上のものと違うとか店の中でがなりたてる奴。

（お育ちが知れるだけで実に恥ずかしい。そんな話は他の客や連れに気づかれないところで話すものなのだ。その場にいた全員が楽しくない。お育ちだね）

私が鼻持ちならぬと言いたい奴を突き詰めていくと、どうやら自意識の強い権力主義、「おれは偉いんだ。王さまだ」という、小市民のエリート意識が見え隠れすると思うのは私だけであろうか。
日本人の美意識が変わりつつあるといえばそれまでだが、良い酒場、良い料理店へ行かなくなった弊害がここにある。

（2011年10月11日）

言葉の錬金術

Q 「人情　安宅の関」読ませていただきました。最近にない感動を得ました。女房に読むように勧めましたところ、涙が止まらなかったそうです。今は娘に本が回っています。

ところで、マスターは大変ご多忙の中、いつどのような時に、どのようにして、毎日作家として、「世紀の二枚舌」、「小説」等をお書きになっておいでなのですか。お教えください。

（52歳自営業者）

A 私は仕事柄多く人と接し、多くの人と話し、多くの人を見てきた。上は大臣、代議士から善人、悪人、がっしり、ほっそり、学識有識者、学識無識者、美女、悪女、醜女、妖艶、さっぱり、まぐろ、上流階級、下流階級、農業、漁業、林業、上品、下品、貧、富、失敗、成功、笑い、涙、もろもろ、もろもろ、ごちゃごちゃ、ごちゃごちゃ、現場、耳学問、本、ネット、新聞、メディア、会った、見た、聞いた、感じた、知った、抱いた、抱かれた、遊んだ、遊ばれた、乗った、上がった、下った、行った、帰った、返った、還った、良かった、悪かった、しょっぱかった。

それらを狭い、南、西日の差しこむ部屋に閉じこもって、時々ベランダの草花や、ハーブの香りに慰められながら、ひねったり、揉んだり、ゆすったり、絞ったりしながら、とんでもない夢想の世界、空想の世界を馳せ巡らせ、小さな説、つまり小説を作り上げているわけであります。

しかしこの経験のチャンネルが少ない分野になると、リアリティが文の間《あいだ》、間《あいだ》、行間にエグみが加わらない。すると目の前に霞がかかる。

情けない、辛い。

トイレに行く。野菜ジュースを飲む。寝転ぶ。これまでの人生で一番良かったことを思い出す。

からっけつの脳味噌が笑い出す。パソコンに向かう。

先に進まない。止まる。アイデアが枯渇する。

情けない。辛い。

山に行く。お爺さんは山へ芝刈りに。緑を見る。鳥の声を聞く。風に触れる。森の木立の中を誰と歩きたいかを考える。

血液の流れなくなっていた脳味噌にちょろちょろと血が流れ出す。慌てて家に帰る。パソコンに向かう。

まあ、こんなことの繰り返しです。

単なる法螺《ほら》話でも結構人生を使うんです。ハイ。

（2011年10月12日）

秋の七茸《ななたけ》

Q 師匠　日本の秋の素晴らしさを師匠の素晴らしいコペルニクス的新学説で日本復興のために是非お書きくださいませ。お願いいたします。

（61歳観光旅館経営）

A 日本の秋は、文学、詩、歌、民謡、映画、ドキュメンタリーとありとあらゆるところで、精緻《せいち》に、ダイナミックに、情緒的に、牧歌的に、明瞭に、射幸心の琴線をなでたり、さすったり、言い寄ったりしてきた。

そこで私は「春の七草」にあやかって、「秋の七茸」を提案してみたい。

ロシアやフランスやイタリアはじめ、スカンジナビア、中央アジア、ヨーロッパの秋は、すなわちジビエ（狩猟肉料理）と、茸《きのこ》に始まり、なにがなんでもそれで終わるという、食欲を満たすことに狂気する。

これは動物が冬を控えて脂肪を蓄えるという摂理が合致していて、異論をはさむ余地がない。

獣食いとなると、日本の文化に、まだ鋭く食い込んでいるかと言ったら、まだ先っちょの方をちょこっと舐めた程度で、味わっていることに程遠い。

しかしながら今回は、肉類の話は他の書き手に任せ、「春の七草」に対抗して「秋の七茸」を提案してみたい。

日本は国土の約65％が森であるというのに、ヨーロッパのように娘っ子が森に茸狩りに出かけるほどお盛んじゃない。ですから、白雪姫のような森の恋愛童話がない。

婚活に茸狩りをやられてはたまったものじゃないから、これ以上の森の中の恋愛物を披露しないが、森の中を一緒に歩くハイキング、サイクリング、ドライブは映画その他でよく出てくる。誰にも知られていない森の中の湖のほとりでの抱擁、雑木林での接吻、これは西洋の定番であるのに、日本は恋愛に関しても浅い。茸にたいしても浅い。

手品師は決して種を明かさない。茸取り名人も決して在りかを教えないから、私も場所は伏せておくが、秋の木漏れ日が、色とりどりの枯葉にまるでスポットライトで狙ったように、あちこちを華やかに浮かび上がらせている。

二日ほど前の夜半に秋雨が森を濡らしたが、今日は枯葉が、時々木々の間をわたる秋風にカサカサと四重奏を奏で、たちどころに世上のほこりを落としていく。

我々は、身を低くして錦秋の絨毯《じゅうたん》の上をハンターのレーダーの目になり、右に左に上に下にと獲物を探す。

探す。探す。辛抱、忍耐、忍耐、辛抱、探す。探す。

「あったぞ」

突然に声が上がる。

駆け寄る。

「あった」

あたり一面、斜面、平面、木の根っこ、枯れ葉の下、あっち、こっち、そっちに、見事な笠を広げている。

森の宝石の群生に出くわしたのである。一瞬にして億万長者になった気分が身体全体を爆発させる。

私はそばにじっくりと籠《かご》を下ろし腰をおとすと、その中でもとびっきりの美人を一本摘み取るとそっと唇を寄せる。

秋の恋人との再会である。

夕刻、我々は飛びきり冷えたビールの待つ、波が風呂に入り込んでくる海辺の民宿に飛びこむ。宴《うたげ》、宴、宴、宴。


先に私は「秋の七茸」を提案した。

里山を起こせといわれても文化とパッケージされてないものはあざとい。

その点「秋の七茸」というと、いかにも里山にふさわしい文化が、雪洞の中に灯をともしたように浮かび上がってくる。文化の浮かばせ方でアウェーからお客を呼べる。ところが、経済が先立つ御意見が主流だから、足元がみんな一緒になって、金太郎飴になってしまう。

これは、あくまでも郷土で私が住む里山のお話、白山山系と能登の「秋の七茸」のことである。

さて、私好みで
「ぬめり、こっさかむり、もたせ、松茸、なめこ、芝茸、木の実茸、イッポンシメジ」

料理法

「ぬめりのおつゆ」「こっさの炊き込みご飯」「モタセのおつゆ」「松茸土瓶蒸し」「なめ子雑炊」「芝茸のおつゆ」「木の実茸のバター焼き」「イッポンシメジ煮つけ」

もう我慢が出来ない。こんなことをしている場合ではない。シーズンが終わる。ちょっと山に出かけてくるよ。

再会《サイチエン》

（２０１１年10月12日）

見苦しい旗

Q 師匠　先日、日本の中部の秋を楽しもうと彼女を誘ってドライブに出た。ところが日本の道路のいたるところに蛍光発色の赤やら、黄色やら、オレンジ色の旗が閃《ひらめ》いていて、実に品のない国になってしまった。○○が幾らだとか、○○祭り、○○キャンペーンとか実にうるさい。行政の芯のない国とは、こうやって、やがてタダ旗だけが翻っている閑散とした猿の惑星になっていくのではないかと思われました。マスターはどのようにお考えですか。

（46歳システムエンジニア）

A 広漠とした自然が世界遺産になって人々を驚かし出したのはまだ近年のことである。

このような事例がヒントになって

人々の意識が変わったかというと、世界遺産となると、いきなり人々がどっと押し寄せたものだから、これが親切だ、心配りだと案内看板を立てる、土産屋が出来る。ハタハタと蛍光発色のけばけばしい旗が立って、落ちぶれ果てた宿場女郎の厚化粧みたいに逆効果もはなはだしい。

真に愚かしい知恵が随所で見られる。規制は行政しか掛けられない。お役人しかできない。規制を外すことは住民パワーでできる。

その地域の行政トップの志の高さまでしか文化は育たないということです。

モラルのバロメーターとして、はたはた見ると、その地域の志の高さが判断できる。行政トップの人物が見える。

あなたも今度から、このような角度で猿の惑星をドライブをなされることをお薦めします。

（２０１１年10月13日）

ある愛の唄

Q 我が師匠　恋とは一体どんなものでしょうか。お教えください。

（21歳専門学生）

A 恋とは、朝焼けとおなじでぱっと力がわいてくるもの。

夕焼けとおなじで別れの時切なくなるもの。

少年の頃、恋の歌に出合った。

君のほほえみに世界を一つ
君のまなざしに宇宙を一つ
君の接吻に
さて困った。君の接吻になにを送ろう。

大人になって、恋の歌をつくった。
ずっと人間でいたいか。
みずみずしい人生か。
見たか愛　ふれたか恋。
私は今、ずっと人間で生きる力を得ている。

あなたから

（2011年10月15日）

絵文字の力

Q 我が社では、連絡をスムースにするために絵文字連絡を採用しています。会社の機密事項ですので絵文字通信の概要は説明できませんが、この事によって短時間で多く事が連絡されますし、何よりも社内結束が生まれました。これは現代の通信手段のモールス信号だと思っています。

さて、マスターは絵文字をどのように感じていらっしゃいますか。

（33歳システムエンジニア）

A 絵文字（ユニコードのEmojiなど）は世界共通用語である。

ハートマーク　ただひとつだけのメールをもらった。

一行でもない。半句でもない。コピーもない。

しかし、これほどのインパクトのある殺し文句にお目にかかったことがない。

まん真ん中に、真っ赤なハートマークがあるだけ。

強烈な説得力。

鷲掴み、胸キューン、いちころ。

絵文字をどのように感じているかですって、今メールが来た。もちろんハートマーク、私の頭の中は真っ赤なハートマークの愛情で一杯で他のことは考えられない。

またにしてくれや、幸せに浸っていたいから。


（2011年10月15日）

21世紀は女の時代

Q 師匠　女の人にセカンド・バージンがあって、男になにがあるのですか。お教えください。
（34歳既婚者）

A 私もああでもないこうでもないとコンサルを繰ったり、色事師のメッカ、イタリア語を手繰ったり、ギリシャ語を覗いたりしたが、露骨だが言葉の向こうに、ハッとするような雨上がりの青空に虹がたったような、未来の見える言葉を思いつかない。女性はどんどんと新しい造語を氾濫させてクーデターを成功させて、自由を獲得していく。

見事な手際であり感服いたします。

どうやら、男はロマンチストで、女性の観念主義に敗れたのであります。

セカンド・バージンに対抗する言葉を創って、21世紀の支配者である女性の批判を浴びたくない。大阪のおばちゃんたちに勝てる自信がない。

革命に参加しない。勘弁してくれや。

（2011年10月16日）

赤春

Q マスターの語録に、

「青春とは心の若さだよ」

というのがあったと思いますが、心の若さだけでは侘しい。何か対策はないでしょうか。（60歳マダムイヤーン）

A 青い春、青春は、まあ「口あけ」です。

黄春、黒春、白春、紫春。

青だけではない。青があるなら他の色の春があってもしかるべきだ。

青春だけでは実に不合理である。

となれば、青い春「青春」にいつまでもとらわれていることは、愚かなことではあるまいか。

私は（青春とは心の若さである）と結論付けた。
人生には春がある。何回も何回も訪れる人もあれば、たった一瞬の人もいる。
春は春を意識した人に訪れ、侘しく感じるのは心に若さがなくなったからです。
そんな質問をしてくるあなた、青も知った。黒も、白も、紫もお知りです。
青春とは、まだ青いつぼみだったこともお知りです。
対策とお聞きですが、「赤春」という考え方をお持ちになられては如何でしょうか。
真っ赤な春「赤春」を。
（２０１１年10月16日）

倫敦屋酒場宣伝史

創業35年　倫敦屋酒場感謝セール

宗教、政治、色気なし
学歴、職業、地位身分
男女の性別、国籍、財産、イデオロギー
後家さん、やもめに、お家柄
誰でもなごめる自由主義
あなたの店です倫敦屋酒場

創業８年　倫敦屋酒場感謝セール

1種類や2種類のスコッチで、
酒場と名乗っちゃ世間様にすまない
と、
上がったり下がったりの営業状態も
顧みず、
お客様の希望《ニーズ》に全面的にお応えして
のこれだけの品ぞろえ
問屋だって、酒屋だって、倫敦屋酒
場には驚いた

味覚人情報より

奢らない、ひけらかさない、譲らない、
創業27年　男意生地の倫敦屋酒場
金沢に3日いたら3日行く
4日いたら4日行く
創業27年

日本のバーの歴史の一端を担ってき
た老舗として全国に名を馳せている
十数年来、直木賞作家山口瞳氏が
贔屓《ひいき》にしてきたマスターは悠々として
然がある
飄々《ひょうひょう》とした艶《つや》がある
人柄に見る一杯の酒にはなだらかに
その土地に馴染んでいくあったかな
味がある

（2011年10月16日）

おことわり

17日、18日の2日間、恒例の「秋の
七茸」民宿満月宴会ツアーに出かけブ
ログは休みます。

お飲み物　泡（ビール）、泡（シャンパン）、酒（日本酒）、酒（赤、白ワイン）、スプリッツ（ウイスキー）、スプリッツ（ブランデー）　追加カクテル（ジントニック）　ウーロン茶。

場所（フィールド）　釣り師、漁師はポイントを話さない。

宴会場　美味しいところを話すほどおろかではない。

メンバー　加賀の国の代表的な数寄者5名

会　則　手酌会　非艶会。

（2011年10月16日）

琥珀色の旅 4

爽やかに酔える洋酒バー

金沢　倫敦屋酒場

文　菊谷匡祐

撮影　垂見健吾

掲載誌　DOC TORS. SIESTA

酒飲みがある酒場を好きになるのは、その店が気分の良い雰囲気か、そこでしか飲めない酒があるか、常連たちの質がいいか、店の主人がすばらしい人柄の持ち主であるか──である。

店にいる女性に惚れて通うのは、酒場が好きというのとちょっと違う。

ある店を好きになるなり方には、二

通りある。初めて店を訪れてすぐ好きになるのと、いくども通っているうちにだんだん自分の性に合ってくるのと、である。

金沢の倫敦屋酒場は、ぼくにとって前者だった。店の雰囲気とご主人の人柄の両方が、たちまち好きになってしまったのだ。この酒場を知ったのは、この冬一番の収穫である。

京都に所用があり、その足で北陸にまわって旬の海の幸でも愉しんでこようと思った。が、じつは、北陸をほとんど歩いたことがない。で、雑誌社の編集者だった知人にまわる道筋を相談し、旅程を組んだのだが、最後に知人がつけくわえた。

「金沢では、倫敦屋酒場という店へ寄ってみたらいいですよ。気に入るんじゃないかな」

片町の細い横町のその店は、ドアーを押して入ってみると、なるほどぼくが「気に入りそうな」たたずまいだった。なんとなく雑然としていて、その雑然さの中にしかもある統一がありそうに見えたのである。

いままでは日本のどんな店もがバーと自称しているのに、みずから「酒場」と名乗っているところにも、店の姿勢がはっきりわかるではないか。

つまり、徹底して酒飲みのための酒場なのだ。そして、漠然たるぼくの酒場というものに対する概念には、ちょっと食べ物が旨い——ということが含まれていて、倫敦屋酒場はそれを十分にみたしてもいた。

かくて、ぼくは爽やかに酔えたのである。


（きくや　きょうすけ・作家）

（2011年10月16日）

セカンド・バージン2

Q 先日、セカンド・バージンについてコメントがありましたが、セカンド・バージンに対する男の復権的な言葉が紹介されていませんでした。言葉を操る名人が、その対抗策的な意味合いで、社会が、男のそのことを全面的に認知するトレンディな言葉を創られずにブログを閉じられては困ります。全男性のため是非お力をお貸しください。

（48歳純潔の夫）


A わたしじゃない、と先にお断りいたしまして、お答えいたします。

友人と茸狩り民宿ツアーで飲んでいてこの話題になった。そしてみんなで知恵を絞ってみたところ、なかなかに、ユニークな言葉を発明した。

わたしじゃない。決して私じゃない、私の友人がである。

そして、私もいたく感動したが発表するには躊躇するし、真に勇気がいる。

しかしあなたがそれほど申されるの

だから、意を決して発表しましょう。

清水の舞台から飛び降りた気持ちで。

それは、こうだ。

「セカンド・筆おろし」

ああ、だから、発表するのが嫌だったのに

（2011年10月18日）

倫敦屋酒場の紹介記事

「金沢」　　出版　金沢倶楽部

倫敦屋酒場
　創業1969年
作家、山口瞳が贔屓にした
　名物酒場の逸話を知る

扉の向こうはまるで、バーミュージアムのよう。天井には年代物のトレーやウォーターピッチャー。バックバーをとびだし、店中に並べられた様々な酒、酒、酒。それらすべてがこのバーの歴史を語るアイテムである。

　作家山口瞳が、行きつけの店として愛してやまなかった『倫敦屋酒場』は、まさに全国屈指の名門バーといってよい、金沢の宝物である。

　スタンドバーと、いっても差し支えないほどの、高く、広いカウンター。余計なものは何もない。その理由を、店主、戸田宏明は、カウンターでの仕事ぶりを見てほしいからと答える。誠心誠意、酒をサーブする姿で感動を与えられるのが、バーテンダー、という。確かに、その研ぎ澄まされたシェイキングやステアをみると、惚れ惚れする。

山口瞳氏が著書で紹介したものに、この店のジントニックがある。山口氏はサントリー広報誌『洋酒天国』を編集していて、当時まだしっかりとしたカクテルブックがなかったことを嘆き、カクテルブックを編纂された。

また、全国の名酒場を調査していたプロ中のプロが倫敦屋酒場のジントニックに驚いた。

レシピブックを見ると、ほんらいなら、ジンをトニックウォーターで割り、レモンスライスを入れるとある。戸田氏は今から40年も昔のレモンさえ珍しく珍重された時代に、レモンではなくライムを入れた。

以来、全国のバーで、ジントニックにライムを入れるオーダーが広がっていった。

「失敗しました。ちゃんとオリジナルの名前を考えておくべきでした」と戸田氏は笑った。

世界初のライム入りジントニック発祥の店という偉業を成し遂げながらも、物腰低い好紳士である、戸田氏は。

山口瞳が「倫敦屋酒場」を紹介した著書「行きつけの店」とライム入りのジントニック。

山口瞳は戸田氏が造った不思議なジ

ントニックのことを「確かに旨い。どうかこんな偏屈な主が造ったジントニックを飲んであげてもらえないか。味は保証するが偏屈なカクテルだ」と評した。

圧倒されるミニチュアボトルのコレクションルーム。

洋酒に対する熱情が伝わってくる。

コースターは、山口瞳の「酒飲みの自己弁護」より山藤章二の装丁を山口瞳氏が断わりを入れ借用している。

（2011年10月19日）

デュエット（二重唱）

Q マスターは、カラオケに行かれ、美麗な方の腰に手を回されて、デュエットをお楽しみなされる時、どんな歌を唄われるのですか。マスターのことですから、さぞや、アフターにつながるカードをお持ちのことと思います。お教えくださいますようお願いします。

（46歳人材派遣業）

A 男が奮い立つのはマーチ（行進曲）である。

どこのカラオケに行っても置いてな

いので閉口する。私がカラオケに行って歌わないのは行進曲が置いてないからである。決して歌が下手なわけではない。ただ置いてないからである。

しかも、私の好きな曲は別名「ディ・フォーネ・ホッホ」

正式には「ホルスト・ヴェッセル・リート」

ナチスの勇壮活発、魂の熱狂を引きずりだす行進曲、これにしびれている。この曲を聞いてごらんなさい、腰に手を回さなくとも奮い立つ。

ドイツの国民がいかに鼓舞され熱狂の中に引きずり込まれたか。あーたね、腰に手を回すぐらいでは済まなくなる。それがマーチだ。もちろん女性もだ。歴史はそれを証明している。

さすが「音楽の民だ」。脱帽するドイツには。

ああ、それから、私が女性の腰に手を回すのはカラオケの時じゃない。

「それはどこか」

それは聞かぬが花だぜ、セニョール。

（2011年10月19日）

若さとは老いとは

Q 先生　流石です。感服いたしました。家じゅうで読みました「人情　安宅の関」。名作です。何度も何度も泣かされました。次作を期待して待ってます。もちろん「世紀の二枚舌」の第6作目もです。

さて質問ですが、若さとは、老いとは一体なんですか。ご説明お願い致します。

（46歳スーパーマーチャンダイザー）

A 若さとは　未来を思う。
老いとは　残された日々を思う。

ご愛読感謝申します。

「世紀の二枚舌」は第6弾を出版する予定です。

これまでに増し、御愛読伏してお願い致します。

戸田　宏明

（2011年10月20日）

夜の過ごし方

Q すっかり秋めいてきました。そこで、秋の夜の過ごし方を伝授してください。

（45歳会社員）

A 月下独酌
花間一壺《かかんいっこ》の酒
独り酌《く》んで相親しむ人無し
杯を挙げて名月を迎え
影に対して三人となる
ー李白ー

もしくは「月下愛酌」
花間一壺の酒
恋人と酌んでしっぽり親しむ
杯を挙げて名月を迎えて

二人一つになる

ー宏明《こうめい》ー

（2011年10月20日）

年の差結婚

Q マスターをお見かけいたしますと、大変に若いですし、精力的だとお見受けいたしますが、何か秘訣があるのでしょうか。是非お教えください。

（58歳会社取締役）

A ある。

あります。

朝目が覚めたときに、

「年の差結婚、年の差結婚、十年以上の年の差結婚」

と、三回唱えて目を覚ます。

是非おやりください。お薦めします。

唯今現在のトレンドですから。

「年の差結婚」という呪文は、希望をもたらします。

ただし、女房に聞こえないように、

聞こえたら若さの保証も、命の保証も確約できません。

あしからず。

（2011年10月20日）

もっと光を

Q 師匠 人間末期の言葉になかなかのものを残していく有名、無名の人がいますが、師匠ほどの方でしたらもうすでに、心に残る名文句をご用意されておいでになると思いますが、是非披露してください。参考に致します。

（64歳自由人）

A ゲーテは
「もっと光を」

といって死んだ。

円生は、先々代だが
「みんな陽気にやってるかい」

と、いって目を閉じた。

ナポレオンは
「ジョセフィーヌ、今夜もかい」

といってカマンベール・チーズとジョセフィーヌを寝ぼけて間違えた。

そこでいろいろ考えてみたが、

「もっとおそばに」

と
「おねーさん、熱燗一本急いでね」

の、どちらかにしようかと迷っている。

（２０１１年10月21日）

ピザ・ピッツァ

Q ピッツァが好きで好きで一日も欠かすことが出来ません。しかし旨いピッツァとなると日本中探しても一握りです。師匠の「世紀の二枚舌」の大ファンで、先日金沢に行った時に、倫敦屋酒場に寄り何気なくピッツァをたのんで食しましたところ、美味しさにびっくりいたしました。

間違いなく日本の十指に入ります。元イタリアにいたピッツァ愛食家の私が太鼓判を押します。

早速、イタリアで修業なされた息子さん（二代目、現代表取締役社長）におききしたところ、あの幻の名店トラステヴェレの「フェラモスカ」で習い、ナポリのピッツァ名人ガリンターレ氏の薫陶を受けたとお聞きして大納得いたしました。

また金沢に足を運ぶ理由が出来ました。

ところで、差し支えがなければ、オリーブオイルと粉は何をお使いですか。お教え願えませんか。お願いします。

（料理研究人）

A 研究とは、人から聞くことではありません。研究室に閉じこもらなくては真実が分かりません。

頑張って研究をお続けください。陽は必ず昇ります。

成功を祈る　by　二枚舌

（2011年10月21日）

女の子にもてる方法

Q 師匠　私の友人にとても女性にもてる奴がいます。スッカラカンのスキャンピなのに、服は一流、靴は一流、時計、車、指輪、ネックレス、ブロセット、帽子全て一流品です。カップヌードル暮らしの三畳ひと間、部屋を見渡してもあるのはせんべい布団だけの売れないセールスマンをやっている男です。内面的な充実よりも女の子を意識した実質以上に自分を見せることに全力を挙げて効果を挙げています。

師匠　もてない私は彼を見習うべきでしょうか。

（26歳もてない貯蓄保持者）

A　本物を見抜けないレベルのぽっと出の、頬《ほ》っぺたの真っ赤なお嬢さん方には有効かもしれませんが、その上となると見せかけの見栄なんてものはたちどころに見抜かれてしまいます。

上は上、下は下、まったくステージが違います。

一級品は一級品、二流品は二流品であります。

まあ、君、妬《や》きなさんな。

その辺りのステージ、その辺りの山の中の荒れ地を耕すようなマーケット、平たく申せば、いも掘りは彼に任せておきなさい。歴史を紐解いても、収支決算の合わない経済はいつかは破綻《はたん》します。彼の結末たるや想像がつきます。

男は見栄を張らず身体を張りなさい。必ずや結果は出ます。

彼が良かれと思い駆使している手段は、見栄を張るというおろかなオテクです。

見栄とは、栄えているように見せる

という人間の虚栄心をくすぐる方法です。いも掘りまではなんとか通用する手段です。いや、最近は農産物がやけに跳ね上がった。いも掘りにも通用せんでこんな男は。

私の場合は、見栄を張らず、あるがままに身体を張ってきた。

結果はどうかって、

一流品の一級品。

この世に神がある限り、汗は必ず報われます。

健闘を祈る　by　二枚舌

（２０１１年10月22日）

酒

Q 師匠、人はなぜ酒を飲むのでしょうか。

（来年成人の男より）

A 酒と接するということは、男の一生を芸術品に高めるためである。

酒と接するということは、女の一生を美術品に高めるためである。

いずれにしても、連れといきつけの酒場が肝心である。

by　二枚舌（日本の名門酒場

倫敦屋酒場亭主戸田宏明）

（２０１１年10月22日）

世界同時災害

Q 先日お店で先生の御本「人情　安宅の関」を買い求めサインをしていただいたものです。大変な名作です。家宝として大事にいたしたいと思います。なお次回作も期待しております。

ところで、なぜか世界各地で火山の爆発、地震、水害、干ばつ等々と災害が勃発していますが、先生はこのような時代にどうお考えですか。

（39歳証券マン）

A 昔、中国の唐の時代に、3年にもわたる大干ばつがあった。また、同時にひどい疫病がはやって、多くの人が亡くなった。作物はもちろん、草や森も枯れてしまって、鳥や獣たちも死に絶えてしまった。

この事に悩んだ国王は、国中から祈祷師をよび寄せ、毎日のように雨乞いを続けたが、ようとして雨は降らなかった。

「神よ、私は今まで常に人民のための政治を司ってきた。決して私利私欲のためにやってきたことはない。それなのに、こんなにまで酷いことをなぜなされるのか」

と、嘆き悲しんだのだが、いっこうに雨は降りそうもなかった。

そこで国王は、民、万人のために、自分の身を神に捧げ、雨を降らしてもらおうと宮殿の広場に萱《かや》や薪《まき》をうず高く積み上げ、その上に自分の身を置き、大臣たちに火をつけるように命じた。ところが火をつけるものは誰一人としていなかった。ただただ広場に集まった群衆と共に見守るだけであった。

「何も恐れることはない。火をつけよ。わたしに寸分の過ちがあれば、私は焼け死ぬであろう。焼け死ぬは政治を司り、国を治めていく資格のない証《あかし》である。もし私に誤りがなければ天は私を必要となされ、守ってくれるに違いない」

と大声をあげ、とうとう火をつけさせた。火はたちまちに火柱となって天をも焼いた。

国王は目を閉じ祈った。

「われの身体が灰となって天を覆い、雲を作り雨を降らせたまえ」

燃え上がる炎の中に国王の音声が響き、人々はただ祈った。

するとにわかに、雲がわき、大雨が降った。

雨は猛火を消し、国王は助かった。

人々は命をかけて国を救った国王を絶対君主として生涯にわたって崇《あが》め奉った。

国王の名を「湯王《とうおう》」という。

国乱れ、民窮する時、わたしはいつも「湯王」の話を思い出す。

いかがですか。今現在この世界に「湯王」の精神を持ちえた政治家はあろうか。

民、万人が窮した今、炎の中に身を投げ出す政治家たるやいずこに。

わたしは、ただ、それだけを思う。
（2011年10月23日）

菊花賞

Q 師匠　菊花賞は（40歳手慰み馬券師）

A 3冠阻止するのはどの馬か、が今年の私の菊花賞のテーマです。

ならば、前回神戸新聞杯2着馬ウインバリアシオンからいくべきかというと、菊花賞の大穴をあけるのは神戸新聞杯3着馬から狙うのが順当、しかも京都連対率40％の福永が乗り役ならば買わない手はない。

もう一頭面白いのがいる。ゴットマスタングだ。

2勝目を挙げた前走、直線だけ追い込んで2着馬に3馬身も突き放した。

前走　オルフェーヴルがラスト1000メートル63・5秒、それに対してマスタングが58・7秒だ。

しかも、2400メートルのタイムが2266、オルフェが2283だ。

2勝馬の勝利はないが、これで抑えなくては馬券師ではない。

7・13・14・17のボックスで大穴を狙って怒られる筋のものではない。

乾杯の時間が迫っているので失礼する。

あなたの健闘も祈ります。これは私の考え方であなたの馬券ではない。

他人に頼らず穏やかな日々を。（2011年10月23日）

性

Q 質問します。男と女は一体どこが違うのでしょうか。なぜ男と女は惹かれあうのでしょうか。お教えください。

（18歳女高生）

A 男の性と女の性の違いです。

性という字は、小偏に『生きる』と書き成り立っている。小偏の小は『心』の意味である。

つまり、心の生き方、心で生きる、という意味である。

または、生には『命』、『生命』という意味もある

性とは、心の命、命ある心のことをいうのである。大変に重要なことで、大変にロマンチックなことです。

男が女に、女が男に惹かれ愛し合う。これ以上の幸福はこの地上に存在しません。

しかし、もう一度申します。

セックスとは心と心の結びつきのことをいう。心と心の結びつくことを命の結びつきという。

ですから、信じあう異性の人のことを『命』、『私の命』と呼びあうのは、性の結びつきという心の結びつきをいうのです。

性とは心と心の結びつきで、決して

衝動ではありません。

男と女がなぜ惹かれあうかという質問ですが、生きているという、たった一つの証は愛です。愛の極まりと確認が心と心の結びつきです。

あなたは若い。

今日の学習はこれまでだ。

これ以上はもう少しレディになってからだ、いいね。

お終い。


（2011年10月24日）

秋の行楽シーズン

Q マスター様　秋の行楽シーズンがやってきましたが、今までに印象に残る旅はありましたか、お教えください。

（45歳個人店主）

A 挙げたらきりがないが、昭和の全盛期の観光バス旅行のバスガイドさんの名調子が耳に残っている。
今はどうなんだろうか、と危惧しながらも、少しやってみましょうか。

「エ、みなさまおはようございます。

本日は当〇〇観光バスを御利用くださいまして真にありがとうございます。本日みなさまを御案内申します運転手は、渡徹夜《わたりてつや》、ガイドは私、藤原乗香《ふじはらのるか》が勤めます。ともどもよろしくお願い致します。

本日のみなさま方の御予定日光は、栃木県の西北部に位置します国際観光都市、その中でもひと際世界中に知れわたっておりますのが、彼の徳川家康公が祀られておいでになる日光東照宮でございます。

エ、昔から、日光を見ぬうちは結構というなかれ、といわれ、いまや、東に日光あり、西にバチカンあり、と謳われております。山の男体山《なんたいさん》、水の華厳の滝、壮麗無比なる大建築美東照宮、日光の三景勝地、三トリオが同時に観賞できる地と海外の方々にも広く知れわたっております。

あらたふと　青葉若葉の　日の光

俳人芭蕉が詠みました美の景勝地の観光は、１５０キロメートルに及びます長途の旅で、道中は「奥の細道」と古人も呼んでおります通り、東海道よりも自然があふれておりまして、都会の喧騒に明け暮れておられます皆様には、バスの揺れに加えまして、自然と人情の素朴な味が、みなさまの旅情を慰めてくれるものがあろうかと存じます。何卒ごゆっくりおくつろぎくださいませ。お車はやがて奥州街道に差しかかってまいります。

エ、車はたいへん愛嬌のよろしいえ

くぼ道にさしかかってまいりました。これは道が悪いのではなく、みなさまがよくいらしゃいましたと道が笑窪を見せているのでございます。または一名、銀杏返しの道とも申します。粋な髪形と違いまして、胃と腸がひっくり返るからだそうです。

たいへん揺れております。御自分の荷物が自分の頭の上に落ちましても、さ程痛くはありませんが、人様の荷物が頭の上に落ちてきますと、痛さは2倍にも、3倍にもなるとか、どうぞ網棚のお荷物にはくれぐれもご注意くださいませ。

エ、このような悪い道路を私たちは南極道路と呼んでおります。道を良くしてくださるように当局へお願に行きましても「予算がない」という冷たい御返事ばかり、あまり冷たいのでご覧のようにバスがガタガタ震えているのでございます。バスと道路は切っても切れない仲、どうか良い道をつくってもらいたいものです。

エ、お車は日光街道に入ってまいりました。道も大変良くなってきました。みなさまの中には幸せにも上の瞼《まぶた》と下の瞼が密かにデートをしていらしゃる方もおられます。それでは、旅のつれずれに、エ、みなさま歌でおくつろぎなされては如何でしょうか。その前に、エ、まず最初にわたくしがつたない歌を御披露いたします。

一、〜　若い希望も　恋もある
　ビルの町から　山の手へ

紺の制服　身につけて
わたしは日光の　バスガール
　／　発車オーライ
明るく明るく　走るのよ
二、～　酔ったお客の　意地悪さ
嫌な言葉で　どなられて
ほろりおとした　ひとしずく
それでも日光の　バスガール
　／　発車オーライ
明るく明るく　走るのよ

それでは、皆様方にマイクをお渡しいたします。

　エ、みなさま、前方をご覧くださいませ。渓谷に沿いましてあちらに見えてまいりました大きな旅館が、エ、あれが皆様の今晩のお宿でございます。長い長いバスの旅、大変お待たせいたしました。ふつつかな私の御説明、充分に御満足いただけたでしょうか。それでは到着でございます。

　エ、長いバスの旅から、今度は温泉のバスに浸《つ》かっていただきまして旅の疲れや肩の凝り、借金の残りまできれいに流して下さいませ。おまちかねの入浴《ニューヨーク》までバス旅行で来れるとは、エ、文明も進歩したものでございます。お湯の方もロンドンわきでております。体のチリを洗い落とし、宿のマドリッドより、遥かカナダを眺めれば、アラビアの月もニュデリー輝くことでございましょう。お酒をメキシコしたため後は、パリとした丹前に着替えて、夜の温泉街をイタリリ来たり、お金もだんだんヘルシンキ、しまいにゃ財布もカルカッタ、そんなことになりませぬよう、ハワイとこ宿にカイロというお気持ちになってくださいませ。

それではたいへんお疲れ様でございました。」


昭和のバスガイド名調子を集めています。マニュアルをお持ちの方がおいででしたら、是非お譲りください。

連絡先
石川県金沢市片町1・12・8
倫敦屋酒場　戸田宏明
（2011年10月25日）

辛い

Q マスター、長年にわたって取り引きしてきたお得意様の期待にこたえられず失意のどん底です。人生においてこんなつらいことはありません。相手方の社長さんは長い目で挽回する機会を与えてくれました。感謝に堪えません。頑張って良い関係をずっと保てるようにしたいと思っています。

さて、マスター、人生において一番辛いこととは一体何でしょうか。辛い体験をお話しいただければ幸いです。また、マスターのような生き方の人に辛い体験があるのでしょうか。

（30歳男性）

A 期待にこたえられなかったこと。（2011年10月26日）

超一流品の水割り

Q 師匠は「手品師は種を明かさない。バーテンダーは酒の話を書かない」と書いてありましたが、あえて酒の質問を致します。ウイスキーは生《き》で飲むのが一番うまいことを知っていますが、何分にも加齢には勝てず最近は水割りに転向しようかと思っています。どうか旨い水割りの作り方をお教えください。

（65歳会社役員）

A 石川県に手取川という大きな川が流れています。手取百支流といわれるくらい、本流に多くの枝川が流れ込んで大河を形成しています。それぞれの支流にはそれぞれの名前が付いています。その1本に雄谷川という川があります。白山の千人平を源とした、名の通り荒々しい川です。車止めから約2時間半遡ると、大きな滝に出くわします。その上にまた2段の滝があって、そこから上は釣り人もめったに入ってこないところです。

我々は滝の右側から大きく高巻きを試みて、その奥に釣行を挑んだ。滝を越えて1時間ほど進むと川は2本にわかれる。そのうちの1本、水晶谷がわれわれの目的である。

水晶谷は名の通り、瑪瑙《めのう》色の石や朱赤の石、深緑《ふかみどり》の石、白い石、グレー色の石等を中心に様々な石が、川底に敷き詰められていてはっとするほど美しい。

その川底の石を踏みながら、川の中を進むこと1時間半、そこはやにわに開け、やわらかい風景が我々を両手を広げ迎えてくれる。そこに流れ込んでいる小川のほとりが我々のキャンプ地である。

我々は荷を下ろし、テントを張り、ビール、ウイスキー、ワインを小川に冷やし、一晩の薪を確保すると、早速釣り始める。

白く泡立つ大きな淵にそっと糸を投げ込む。目印がやにわに水中に引きずり込まれ、強烈な当たりが全身に走る。寸暇を入れず竿をしゃくる。手ごたえが脳天を打ちつける。

美しい獲物との引き締まった素敵な格闘。

跳ねる、走る、うずくまる、反る。はやる、あせる、まごつく。

澄明な情熱がほとばしって、やがてゆっくりと山の恋人は姿を見せる。

はじめは、水のコートをゆっくりと脱ぎすてると、2度、3度と恥ずかしげに身をよじったあと、するりとすべてを、やわらかい森の日光の中にさらけ出す。

息をのむ瞬間だ。

いきいきとした乱舞が静止して、無邪気な、しかし清艶な花が手の中に納まる。

そのはかない森の神秘の芸術に目はくぎずけられる。

あたりには誰もいない。森の精、岩魚とわたしのふたりきり。

わたしはそっと唇を寄せる。

やがて2、3匹の釣果を楽しむと、竿を置き服を脱ぎ捨て川に飛び込む。

後はただ、ビール、ビールと声を出しながら岩肌をよじ登る。

カシュッ、ガバ、ガバ、ガバッー、ウマイ、ブルブルブル。

焚火、これ以上はないという山菜のほろ苦さ、ほこほこに焼き上がった岩魚、誰も話さず、誰もが無口。


そして、ウイスキーの水割り。

水は、15メートルほどの岸壁を一直線に落ちてくる水で、この冷たさは季節を問わずピリピリと引き締まっている。

たまらず柏の大きな葉を曲げて、器にして飲む。

なんの味もない。香りもなければ濃《こ》くもない。

超一流の無味がすうーとのどを通る。

何もかからない。生まれたての呼吸が聞こえる水である。一滴一滴の中に、まったりもなければ味も見えない。表現するとしたら水だ。水ではあるが水という味がまったく感じられない。

穏やかだが華やぎがある。透き通った澄明の気品がある。

真珠である。水の宝石である。

わたしは何度も何度も音を立てて最後の一滴まで啜った。

味の淡麗な美しいこだまがいつまでも響き渡たる。

無味に勝る気品はない。わたしはそのことをいやというほど思い知らされる。

超一流。後は何も言えない。何も書けない。

さて、この水で割ったウイスキーの水割りだが、わたしは書かない。それでも、もう、あなたはこの水割りのすばらしい味がお分かりになったはずだ。

超一流品だ。

それに、この水割りをつくれと言われても困る。この水割りは水晶谷に入った僕だけの宝物だ。

何の酒がベースか。

それも書かない。

秘密である。何しろ私だけの恋人だから。


（２０１１年10月26日）

悪い夢

Q 師匠　わたしはよく夢にうなされます。旅行前夜に、乗った飛行機が空中分解して空中に放り出された自分が、何かにつかまりたいと必死にもがきながら、ついには地面にたたきつけられそうになり、慌てて飛び起きた夢とか、会議の前日などは、自分の発言が社長から大ひんしゅくをかい、激怒した社長が手元にあったお茶をわたしにぶっかけようとしてびっしょり汗をかき、飛び起きてしまったとか、そういう悪い夢をよく見ます。師匠はそんな夢を見られることはありますか。お尋ねいたします。

（38歳会社員）

A

わたしの場合、悪い夢を見たことがない。大概はたいへんハッピーな夢だ。これはどうやら現実社会においても、のほほんと生きてきたからではなかろうか。

それでは、記憶に残っている夢を一つ。

その日の朝は、この上ない晴天だった。

ところが、学校終業頃には、やにわに土砂降りの雨となって、傘を持っていかなかった僕は、教室に残って雨が小ぶりになるのを待った。しかし、いつまで待っても雨は、一向に小ぶりにはならなかった。僕はあきらめて帰ることにした。

玄関には、もう、誰の人影もなかった。僕は靴を履き一大決心をすると、玄関を飛び出し、雨の中を駆けだそうとした。

その時だった。

「戸田さん、入っていきませんか」

という声が聞こえた。

僕は慌てて振り返ると、学園の華、我らがマドンナ「ひろみちゃん」が立っていた。

ひろみちゃんだぜ。

それは僕なんんか、口もきいてもらえないミス・中学だ。

ひろみちゃんはバドミントン部に所属していた。

彼女が市の大会に出場すると聞き、ひと目彼女の短パン姿を見ようと集まった見物人を整理するために、県警のパトカーが5台も出動した程の超美少女だ。

そのひろみちゃんだぜ。

僕は我と我が耳を疑った。

僕は辺りを見渡した。

あたりには誰もいない。僕だけだ。

「入って。一緒に帰りましょう。戸田さん」

ひろみちゃんは、今度はまっすぐ僕を見て言った。

僕は弾けた。

「ほんとに、ぼ、僕……」

「そうよ、今まで戸田さんを待っていたのよ。入って。一緒に帰りましょう」

来た、来た、来た。

僕は有頂天になって傘に入ろうとした。

ところが、いつもここで僕の目が覚める。

僕はこの続きが見たくて、もう一度布団にもぐりこむ。

それで何度も遅刻した。

今の僕の夢は、この夢の続きを見ることだ。

こんなラッキーなことは、人間一生のうちにそうあるもんじゃない。例え夢であっても。

ところがである。この年になってもまだこの夢の結末を私は見ていない。何度も何度も見ているのに。だから、僕の睡眠を邪魔しないでくれたまえ。

この上ない幸せの、この夢の続きを見るためだから、ね。

（2011年10月27日）

秋の味覚

Q マスター様 読書とウイスキーの季節がやってきました。この時期何を摘まんでウイスキーを飲《や》っていらしゃるのですか。秋のウイスキーのつまみの優れ物をお教えください。

（40歳ヘアーデザイナー）

A 秋風がコートの襟を立たせるこの時期になると、パリでは焼き栗屋の屋台があちこちに立つ。この焼き栗のほこほこの、やけどをしそうな奴の皮を剥《む》き、ふうふうと息を吹きかけてから、口にほりこんでキンキンに冷えた白ワイン流し込むのですが、「あと一個でやめとこう、飲みすぎだ」と言いながら手が止まらない。私だけかとあたりを見渡すと、見る人見る人全員がふうふういって白ワインをやっている。

ご同類だ。

こんな時、人間の祖先は一つだと微《ほほ》笑《え》ましくなってくる。酒飲みの舌もまた一つで同類である。

こんな昔の旅を思い出しながら、日本の秋に立つ焼き芋屋の屋台を思い起こしたが、どうにも図にならない。

そこでウイスキーと日本の秋と屋台といえばどうだろうか、焼ギンナンではなかろうか。

第一、焼きイモとギンナンでは、田舎娘と京美人の差はある。

パチンと殻を割ると、森の小りすが何かの物音でびっくりしたような、つやつやとした翡翠《ひすい》色が目に飛び込んでくる。まさに緑の宝石である。これ以上妖艶な緑色を私は知らない。

しばし、見とれる。

タリスカのコルクをひねる。何年物か、それは明かさない。

木箱には、

「このウイスキーにのみ、真実がかくされている」

と書いてある。

私はギンナンの肌理《きめ》を楽しむようにゆっくりと口の中でころがすと、軽く歯を当てる。

イモでもなく、栗でもない。甘くもなく、ほこほこでもない。子供でもなく、老婆でもない。

広葉樹林帯の宝石である。

タリスカ。

少年でもなく、老人でもない。

ウイスキー、秋、ギンナン、屋台、少年でもない、老人でもない。

男だ。

優れものは、ラ・セゾン。

いわば、秋だ。

（2011年10月28日）

年金

Q お尋ねします。最近は何かと年金問題でかしましいですが、マスターは老後のためにいかほどの蓄財がいるとお思いですか。

（51歳派遣社員）

A 老後にいかほどのお金がいるものなのか、人間の欲望をいったらきりがないが、まずその頂点を知らないことには、最大どれくらいいるのかわからない。

そこで、有史以来、世界最大の金持ちは誰だったか。彼はどれだけの蓄財をしていたかを調べてみた。

いたぜ。いた。まいった。負けた。

エジプトの王ラメス二世（前1290〜1224）

彼はカルナク大神殿の百柱段や、あのとんでもない広大なアブ・シンベル神殿などを建設し、四大文明のエジプト史上最も多くの建築遺跡を残した人で、もっとも偉大なエジプト王だった。

そして彼は、アフリカのヌビアから西南アジアのシリアまでを治め、アフリカの鉱山から採掘される宝石、金の全てを独り占めしていた。少なくとも10兆ドル（1ドル100円換算なら1000兆円）は下らなかったであろうと言われている。

彼は統治した部族、国からは選りすぐりの美女を百名ずつ馬として提供させていた。また自分の国、部族から500人もの側室を設けていた。

ところが、このラメス二世以上の金持ちがいた。イスラエルの王ダビデである。あろうことか妻の数も、側室の数もラメスの2倍はいただろうといわれている。しかも財産となると100兆ドルは下らなかったのではなかろうかといわれている。

ところがその息子ソロモンは父親ダビデをはるかにしのいで、死ぬまでに一度も顔を合わしたことがない妻が数千人いたというからすざまじい。

ソロモンから見れば、現在の金持ちと言われている人たちなんて、私と同じくゴミみたいなものなのです。同類です。

そのソロモンを、聖人イエス・キリストは

「野の花を見てみたまえ、栄華を極めた時のソロモンでさえ、この花ほど着飾ってはいなかった。彼が後世に語られる名君たるやになりえたのは、私財を残さず常に民、万民のためにつかっていたからだ」

と、のたまわったわけです。

ソロモン王でそうなのでありますからには、年金ぐらいでギャのブゥのいわないで、郵便貯金、銀行預金ぐらいはジャンジャン使って民、万民の役に立つことぐらい考えてみてはどうだろうか。

人生が明るくなること請け合いです、はい。
年金は考えるより、良く使えです。貯めてない人が経済を救い、人助けをしているのです。
年金をお考えのあなた、倫敦屋酒場は年中無休です。
心よりの御来店をお待ち申しています
店主敬白
（2011年10月29日）

天皇賞

Q いよいよ天皇賞、ジャパンカップ、有馬の秋本番に差しかかってきました。ブログで拝見する限り、マスターは穴狙いと拝見していますが、今一つ根拠が見えません。その辺を解説してもらえませんか。
（36歳現代版ロ入屋）

A 競馬は国家公認のギャンブルである。歴史を紐解けば、馬は古来は現代の戦車に例えられる最高兵器だった。相当の地位がない限り軍馬としての馬を飼うことは禁じられていた。軍馬としての調練を王侯貴族の眼前で競い合ったのが競走馬の始まりであった。

天皇賞があるのはこういう歴史があるからである。

ならば、競馬はロイヤルの遊びである。

こうなるとやらないわけにはいかない。飲酒王の私としては。

さてお察しの通り、穴狙いである、と申し上げるより、強い馬を倒す馬が見たい。その出現を快意としている。その結果が穴狙いと取られているといえば格好がよいが、馬券はロマンで買えの鉄則通り、なるべく大きな夢を買う。

さて、私の戦術だが、彼女の名前が西〇〇子なら2—4、かず子なら1—5、ミヨ子なら3—5、押えに自分の誕生日が6月8日なら、6—8と買う。

これは三連単が行われるまでの買い方だった。

三連単になってからは、ひとみちゃんなら、1—10—3。ひろみさんなら1—6—3と買うという戦法になった。

その結果　現在83連敗中である。

今年から私は競馬に対してまじめに行こうと決心した。

自分の信念通り「強きを挫き、弱気を助く」桃太郎侍精神でだ。

その結果今年の天皇賞の予想はこうなったのだ。

昨年の天皇賞でブエナビスタの強いのに驚いた。出遅れて、しかも直線では馬群をさばけず、ラスト200メートルで十数頭をごぼう抜きして2着に飛び込んできたペルーザだ。そのペルーザがこの秋3連戦に出場するには賞金が足りない。天皇賞を勝たなかったら、ジャパン・カップも有馬記念にも出れなくなってしまう。

となると、人情マスターといわれた私は応援せぬわけにはいかない。

軸はペルーザだ。

ここにＧ１で２勝、重賞２勝のローズ・キングダム。この馬がどうしてもブエナビスタに勝てない。ブエナビスタが休み明けで５歳になったここなら先着の可能性はある。

だったら肩入れしないわけにはいかない。

対抗　ローズ・キングダム

そしてここにおくれてやってきた上がり馬、４歳馬ミッキ・ドリーム。毎日王冠３着となれば、ひと肌脱がぬわけにはいかない。

馬券戦術　三連単

8―11―4　8―11―5　8―11―7

8―11―13　8―11―18

11―8―5　11―8―7　11―8―13

11―8―18

馬単

13―8　13―11　13―5

となりました。

（２０１１年10月30日）

草食系を治す方法

Q　僕は会社でも取り引き先でも草食系の男性と決め付けられています。私自身大変に不満に思い何度も抗議し否定してきたのですが、すればするほど草食系に見られ、女子社員からも軽んじられています。

肉食とまではいきなり無理かもしれませんが、せめて雑食系位には見られたいと思います。どうしたらよいでしょうか。（27歳サラリーマン）

A

若い頃、高倉健さんの映画を見て、これだと感心したことがある。

健さんは、映画の中で、「僕」「私《わたし》」なんて言わない、ということにです。

かつての日本軍人がそうであったように、「自分は」と言っているのです。これが、男を男らしくみせるんだなあ。

私は早速これを学び実行した。

あなたも使ってみてください。一気に肉食系に見られること請け合いです。

参考例を
「自分は、高倉健と申します」

高倉健のところを自分の名前に置き換える。

「自分も……、若い頃随分と苦労をしましてね」

余り学歴とか功名を話さない。苦労をしてきたというから、こいつは器量が大きいとみられるのだ。

「いや、自分は○○が好きですから大丈夫です」

例え、いやなもの、嫌いな所に連れて行かれても、こういうから、男としての懐の深さが偲ばれるのだ。

「自分は、暖かいところに行くと気持ちが軟弱になりますから」

火のおそばにどうぞとか、外は寒い

ですから、中にどうぞ、と進められても、こう言ってごらんよ、男だろ。

「自分は……、ビールより酒です」

この、酒というところが実に良い。ビールはベルギーだとか、赤ワインの何年とか、モルトはカスクだ、とか、決して知ったかぶったり顔をしない。深い川は音を立てずに流れる、てなものだ。

「自分は、若いころから酒一本です」

しっかり自分はこうだと主張する。そして、ちょっとの間をおいて
「自分は、日本人ですから」

と、付け加える。

どうですか、「僕」、「私」を「自分」に置き換えただけで、ぐっと、男として締まってくるでしょう。


これが、愛の告白の場面となると、こうだ。

しばらく、セリフも何にもない画面が長々と続き、健さんは体を傾け、黙ってコップ酒を掴んだまま、カウンターに目を落としている。

他に誰も客はいない。外は雪が降っている。

古びたテレビから歌謡曲が聞こえてくる。

ここで、早い、早い。まだだ。

一番が終わり、二番をじっくり聞いて、二番と三番の間の間奏が流れる。

あなた、ここだ。

「自分は………」

といって、照れたように酒を一気にあおる。

「自分は……」

ここで女性の方を見る。

「自分は……、自分は……」

で、やにわに女性の肩をつかむ。

どうだい。肉食系になれるだろ。

健闘を祈る。

その後、どうすりゃいいかって。

健さんの映画には、そこから先がないんだ。

それで私も悩んでいる。

（2011年10月31日）

津波

Q 師匠、遅まきながら「人情　安宅の関」読ませていただきました。感動、感動の雨嵐です。今は家族全員に回り、いとこが読んでいます。次回作を期待しております。
さて、歴史にお詳しい師匠にお尋ねいたします。奈良の大仏様に大仏殿があって、鎌倉の大仏様に大仏殿がなく、雨ざらしになっているのはなぜですか。お教えください。（51歳市場勤務）

A 鎌倉の大仏さまが造られたのは建長4年（1252）のことです。その時はもったいなくも、ちゃんと大仏殿も一緒につられました。その後何度か改修されたり、何度か壊れましたが、消滅したのは明応7年（1498）の大津波によってです。この年、鎌倉を大地震が襲い、それによって引き起こされた大津波によって、大仏殿が流されてしまいました。その後、この地に大津波が襲来したことを長く伝えるために、決して大仏殿はつくられることはありませんでした。東西25間、南北21間という大規模な大仏殿でさえ津波に流されてしまう、津波とは本当に恐ろしいものだと後世に伝え、継承するためにです。現在でも大仏の周囲に礎石が残されています。

是非この教訓を、あなや疎かにはしたくありませんね。

本当に。

（2011年11月1日）

夜なべ

Q 「人情　安宅の関」御出版おめでとうございます。小生も遅まきながら読ませていただきました。弁慶でもなく、義経でもなく、富樫に着眼された辺りは、さすがに我らが師匠です。脱帽です。

さて、師匠さま、古川柳に、

「新所帯　夜なべに昼は　居眠りし」

というのがありますが、夜なべとは一体何ですか。お教えください。

（24歳新婚者）

A 昼はのら仕事、夜は囲炉裏端で俵や菰《こも》づくりの手作業が行われました。まあ最近までの農村の風景でした。

また、手仕事の職人なども、受けた仕事を夜遅くまでかかってやりました。使用人たちも、日暮れまでに終わらなかった昼間の仕事を、夜間遅くまでやらされました。

そして、夜遅くまで働くと、どうしてもおなかがすくため、鍋で簡単に煮て食べられるものをつっついて食べました。

この簡単に食べられる夜食のことを夜鍋とよびましたが、そのうちに夜鍋が出るまで頑張ることを、夜なべをするというようになりました。

さて、あなたの質問なされた、新婚さんが夜遅くまで、いや、朝方まで励むことですが。

母さんが夜なべしてするのが手袋編み、新婚さんが夜なべしてするのが……あれ、新婚さんが夜なべしてすること、そんなあまりにも昔のことは忘れてしまった。

どうか、誰かほかの人に聞いてくれ、思い出せないから。

（2011年11月1日）

かまぼこ

Q 「世紀の二枚舌」の大ファンです。毎日毎日絶妙の解答に抱腹絶倒、してやったりと、膝を打っては感心いたしております。先生の博学には敬服いたします。

質問ですが、昨日蕎麦屋で、板わさ

とぬきで酒を頂いたのですが「かまぼこはいつごろからあるのか」。連れの外人に尋ねられて答えに窮してしまいました。蒲鉾の謂れと歴史を披露していただけませんでしょうか。

（46歳コンピューター会社員）

A

蒲鉾とは竹や木の棒に、塩味のついた魚のすり身を塗りつけて、それをきつね色に焼き付けた。その格好がちょうど草花の（がまの花穂）に似ていたことからそう呼ばれるようになった。

遡れば、室町時代に始まったとされているが、味は鯰《なまず》が一番とされていた。

安土・桃山時代に入ってすり身を板につけて焼いた板かまぼこが出来た。それまでの竹に巻きつけて作られたものを竹輪と呼び、蒲鉾と区別されるようになった。

蕎麦の種ものとして江戸時代に登場したが、酒好きの気の短い江戸子たちが蕎麦の出来上がりを待つ間、手っ取り早くだせる酒のつまみとして、蕎麦の種もので飲んだ。その中でも練りものの蒲鉾を魚の刺身代わりにひと口湿らすというのが粋で流行った。

空に三日月冴えわたり、酒は手取川の極上物、ぬる燗、手酌、肴は二品、蕎麦屋の酒だ。

まあ、こうゆうとこでしょか。

（２０１１年11月2日）

税制改革

Q バブル・崩壊、リーマン・ショック、東日本大震災、ギリシャ経済破たん、円高、アユタヤ洪水、世界同時不況と、ご難続きの大変な時代になりました。この不況を乗り切ろうと、増税、増税と国会も税金を上げることに血道をあげています。ましてや、この大不況の時に消費税を上げようなんてことをのたまう国会議員こそ給金、定員、官舎、交通費等を下げる、減らす、なくすと、まず自分たちを律するところから始めてもらいたいです。

二枚舌のマスターさま　国民が納得して払う税金なんてありっこないと思いますが、国難のこの時、何か国に喜んで協力できる税金はないでしょうか。お教えください。（50歳自営業）

A あります。

それは美人税。これしかないでしょうね。

ある宴席で、

「美人の女性は、プレゼントも多く、着る、食べる、飲む、飾る、出掛けると、すべてにおいて経済的負担が少なくて済む。美人だけがこの経済状態の時代でも得をしている。これでは真に不公平ではないか。そこで美人税というのをつくったらどうだろうか。そうなったらあなたはどうしますか」

と、大阪のおばちゃんみたいな御婦人

方7、8名に尋ねた。

「そうなったら私喜んで払うわ」

「もちろん、協力するわ。わたしは賛成よ、だって随分と得してきたんだもの」

即答。

満場一致。

これだけ喜んで我も我もと言っていただける税金は珍しい。

美人税でしょうね、あるとしたら。

（2011年11月3日）

ファースト・キッス

Q 先生　高校2年の女子です。今度中2の時から大好きだった彼から、いきなり告白メールがきて、夢のようでうれしくてうれしくて泣いてしまいました。今度近くの山に紅葉狩りと遠くの海に沈む夕日を見に行こうと誘われました。私は彼一途でしたから、男の人とのデート経験がありません。うれしくてたまりませんが、何もかもが初めてで不安でたまりません。いきなり単刀直入で恥ずかしいのですが、先生のファースト・キッスの体験をお話し下さい。

（17歳高2）

A 牛乳瓶に蓋をしたようなファースト・キッスの初体験ですが。
あれはあれでよかったのだと、今も思っている。あんなに洋画とかを見て研究していったのに……。
あれはあれだった。

（2011年11月4日）

いい女

Q 先生　いい女とは一体どんな女をいうのでしょうか。先生の経験からご説明ください。

（19歳学生）

A 年齢とともに変わってきている。振り返ると。

昔　おさげ髪
10代初め　さみしそうな眼をした娘
10代中頃　文学少女
10代後半　ポニーテール
20代　砂に埋もれた一粒の宝石
30代　霞《かすみ》か雲か、ふんわりとした人
40代　見事なまぶしさ
50代　貴婦人
現在　超一級の美術品

時は流れ、川は流れる。他人の経験に学ぶもよし、学ばぬもよし。
ただ、申し上げれますのは、現在のあなた自身の感性と本能に忠実に。

（2011年11月5日）

適齢期

Q 「人情　安宅の関」拝読いたしました。初めて富樫の観点から見た勧進帳、確かに富樫の腹切る覚悟の温情がなければこの物語は成立しません。大変面白く感動致しました。

ところで、人生には節目があるとよく言われますがマスターはどのようにお考えですか。

（61歳好々爺）

A 私の場合、節目と考えず、適齢期と捉えてきた。

幼年期　　成長適齢期
少年期　　学業適齢期
青年期　　結婚適齢期
壮年期　　ビジネス適齢期
定年期　　年金適齢期
老年期　　ED適齢期
終年期　　死亡適齢期

（２０１１年11月６日）

格言

Q マスターの解答の中によくズバリとした格言が出てきますが、マスターが指針としている格言、または感銘を受けた格言を披露してもらえませんか。

（31歳男性）

A 或る日、或るところの、公衆便所の落書きに痛く感銘を受けた。

そこにはこう書いてあった。
「少子化対策　青年の力」
「一以貫之」（一つを持ってそれを貫く）
格言というものは、場所と時期と社会性が合致すると良く効くなあ。
私が指針としている格言
「偉くなくとも　正しく生きる」
「日々適量」

（2011年11月6日）

人情　安宅の関

6月25日、発売以来、みなさま方よりヤンヤ、ヤンヤの大好評を頂きまして、男倫敦屋戸田宏明、有難涙にくれております。

季節は初夏の頃を一足飛びに、汗降りしきる猛暑の夏もなんとかしのぎ、今はまったくの読書の秋の真っただ中、皆様方におかれましては、手元、足元、枕元に是非にも「人情　安宅の関」を一冊おかれまして秋の夜をお過ごしくださいますよう心よりお願い奉ります。

されば、手前はじめ版元、印刷所、書店、強いては日本経済全体が伸びること請け合いです。何卒よろしくお願い致します。

「人情　安宅の関」
通すな、弟義経を！　兄頼朝の厳命がはるばる鎌倉から加賀に下った。
この北陸の要衝を　破るか義経、抜くか弁慶……。

彼らは、身分をいつわり身をやつし、
奥州をめざしているという。
関守・富樫は　目を見ひらき
耳をそばだて息をこらした─。
烈風烈々、安宅の関！

ご存じ
「勧進帳」の
富樫左衛門、
いま初めて
こと細やかに語られる
そのやさしさと
その度胸

「人情　安宅の関」
著者　戸田宏明
出版　東京神田論創社
価格　２６００円
全国の書店、ネット書店、うつのみや書店、倫敦屋酒場にて好評発売中
（２０１１年11月7日）

ローマ

Q 師匠　正月休暇の時にイタリアに旅行に出かけます。イタリアはキリスト教徒の遺跡の上に立っているといわれるほど歴史とのかかわりの深い国ですが、ローマという主都の地名の起こり等を博覧強記のマスターのご高説をお聞きしまして、旅に出かける機運を高めたいと思っています。（33歳教師）

A 6度ばかりローマを訪れたが、そんなところに気がつかなかった。さすが教師をなさっていらしゃるお方だ。

当方は、美術館も遺跡もバルカンもアルカデサンカリスト寺院も横目にも見ず、ただひたすら、食べる、飲む、更にドはでなイタリア娘を眺めてうっとりとして帰ってきていた。出掛けられる前に予習をなされるところはさすがに教鞭をとられる方だと感心する。脱帽。

さて質問の件ですが、『プルターク英雄伝』を紐解いてやっと知れた。

まずはご紹介しましょう。

タルケティウスという王がその地を治めていた。

夜王が寝ているとかまどに男根が生えてくる、処女をその男根と交わらすようにという神託があった。

王は早速娘に命じたが、娘はいやがって侍女をつかわした。侍女は男根と交わって双子を産んだ。

この双子の名をロムルスとレムスという。王はこの事実を知って激怒して侍女と双子を殺害するようある剣士に命じた。剣士はこの可愛い双子がどうしても殺害できずテレベ川のほとりに置き去りにした。

すると、雌の狼が現れて双子に乳を与えた。

成長した二人は、タルケティウスを襲って逆に殺害した。

王についた二人は、新都市を建設することにした。その場所をめぐって兄弟に不和が生じた。ロムルスはパラーティーヌムの丘をいい、レムスはアウェンティーヌスの丘がいいとお互いに譲らなかった。

そこで、二人は丘にのぼり平和の使者である鳩を多く見た方が勝ちと決めた。

ロムルスが12羽の鳩を見たのに対してレムスが見たのは6羽の鳩だった。

ロムルスが勝って都市ずくりがはじめられた。この都市の名をロムルスの名から取り「ローマ」と名付けられた。また二人を育てた狼が今もローマの象徴になっているのはこの事に起因している。

と、まあこういうわけです、はい。

（２０１１年11月7日）

ギネス

日本でも最高においしいギネス・ビールが飲める店と評判の店です。

１９６９年創業の倫敦屋酒場は古くからイギリスとのネットワークを持ち11年前から日本でも先駆けて完全空輸の正真正銘のギネス・ビールを提供している。

サライの本にも紹介されて、全国から訪れる人も多いが、欧米系の外国人の人たちも金沢の「マザーパブ」と呼び、広く世界に知れ渡っている。

二代目のギネスに対する思い入れは強く、常に国際標準の美味しいギネスを提供することに献身的な努力を惜しんではいない。また、世界中の人々に愛されているイタリア料理、ピッツァ、パスタの修業にたびたびイタリアを訪ねている。

正真正銘の本物のギネス・ビールとイタリア一と名店の誉れ高いピッテリア「フェラモスカ」のピッツアを是非ご堪能ください。

そのことは倫敦屋酒場を訪れている外国人の方たちが「ベスト・マッチ」と絶賛し、いつの間にか金沢の飲食スタイルになった光景をご覧になればすぐに理解できる。

日本の旅には欠かせない「マザーパブ」倫敦屋酒場は世界の信頼を得ている。


（2011年11月7日）

生きる

Q 世紀の二枚舌の大ファンです。毎日の朝の楽しみです。質問です。ちょっと哲学的ですが、生きるとはどういうことでしょうか。この世情、この不安定な経済、世界的な惨状、やはり生きるということの真意を知りたいと思います。どうかお教えください。

（36歳専業主婦）


A 生きるということは、生むということです。

生むということは進むということです。

一日とは何かを生み出すために一歩

進むということです。

一歩進む一日が連続してあるということを生きがいといいます。

生きるということは、生かすということでもあります。

生かすということは、他人の持ち合わせていない自分の能力を生かすということです。

つまり、生きるということは、自分の能力を生かし何かを生み出すことです。たとえ、形の無いものであっても。


（2011年11月8日）

マタギ

Q 人生を洒脱に生きておいでのマスターですが、もし今度また人間に生まれてくるとしたら、どんな職業に就きたいですか。私は、設備投資のあまりかからない、ＩＴ産業で成功して、サンタモニカかニース辺りで悠々自適の暮らしがしてみたいです。マスターの希望を教えてください。

（27歳電気メーカー勤務）


A マタギ。

これ以上の男の仕事はありません。

春は山菜、初夏から秋にかけて職漁師（渓流釣り師）、秋はきのこ、木の実、秋から冬炭焼き、冬、マタギ。

山間の茅葺《かやぶき》の一軒家、囲炉裏、茶碗酒、縁側の昼寝、大の字、ミンミンゼミ、鶯の声。

あなたはまだ懲りずに、先進工業国共通の弱った鰯のような目をした草食男や、腰のくびれもたわわな胸もかなぐり捨てて、最先端管理勤務数字優先社会の先兵とならんと、ますます、ぎすぎす、けわしい可愛くもなんともない中性女と共存していこうと思っておいでなのですか。

あなたがニースやアカプルコに行こうと昇り詰めていく前に、ノイローゼになってしまいまっせ。そんな希望を持っていたら。

マタギだぜ、マタギ。

君は知ったが誰にもこの事を話してはいけない。

なぜなら山奥まで先進技術と人々で溢れ返る恐れがあるからである。それに第一、教えた僕の居場所がなくなってしまう。しゃべちゃダメだぜ、たのむよ。

（2011年11月9日）

第二次世界恐慌

Q 師匠　この大不景気をどうお考えでしょうか。どう考えても景気の回復ははるか彼方で将来の希望が持てません。師匠のお考え方をお教えください。

（39歳広告業）

A

産業革命で世界の先端工業生産大国をきずいたイギリスの歴史から、現在の我が国を垣間見ると、学習してこなかったことがたちまちにしてわかる。

鉄道、鉄鋼、海運、保険、繊維、自動車、銀行、石炭産業の全てが衰退していってしまった。

成熟し花を咲かせた産業といえば、旅行、美術、スポーツ、ガーデニング、ウイスキー等の伝統産業である。

さて目をアメリカに向けてもしたりである。

株式、建築、鉄道、車、石炭、タバコ、電器産業等が落ちぶれ果てた。

しかし、アメリカは、

コンピューター、IT、映画、ファスト・フード、アメニティ産業を生んだ。

日本は、次世代の世界に対して、このようなビジョンを持っているのか。と、まあ、問いたいのですが、チラチラとかじってみる限り明日はどうの明後日はどう生きようかの日和見主義者の塊であります。

国民の学業知識人は世界でもトップだというのに、次世代の世界に残せる産業すらも作ってない。

そこで私は提言する。

光エネルギーの電卓はあるのに、なぜパソコン、携帯電話にはないのか。これだけでも莫大なエネルギーで、世界から原子力発電所の20や30ぐらい造らなくしてもいけるはずだ。

(やる気のある人に、会社に知的財産権を譲ります。連絡を待ちます)

まあ、この辺ぐらいはとっかかりとしてやろうじゃないか。青年諸君
（2011年11月10日）

離婚について

Q 先生　悲惨です私の人生。

離婚4回、連れ子二人の人生です。どうしてこんなに男運が悪いのでしょうか。泣きたくなってしまいます。ところが最近また結婚を迫られています。両親はいい加減にしなさいと私を責めますが、相手の人も真剣みたいだし私の過去を知ってのプロポーズです。どうしたらよいでしょうか。

（32歳独身女性）


A 人間以外の生物は繁殖期になると、雄と雌がくっついて子供をつくる。子育てが終わると雄はさっさと去り、雌は激しく子供を追い立てて子別れをする。そして次の交尾期にはまたちゃっかり別の雄と出来ちゃう。これを元気なうちは毎年だったり、隔年だったり、何度も何度も繰り返す。

人間も同じ生物です。

つまり、毎年、毎年家庭をつくり、破壊し、破壊しては、また家庭をつくる鳥獣魚虫と同じ本能を持ったものと考えてよいでしょう。

現在置かれている我々の立場から考えてみれば、どちらが『生』を楽しんでいるかは非常に疑問です。

また、雌の習性としては、力のある

オスのハーレムに組み入り、のんのんゆらゆら暮らしている自堕落なのもいれば、御用済みの雄を喰っちゃうというのもいる。

まあ、いろいろ観察してきたけれども、人間の女性はこれらの全てを完備しているように見受けられる。

ですからですね、あなたは生物学的にいえば何ら問題はありません。

私から言わさせて頂きますれば、あなたは何度でも男性から言い寄られるいいものを持っておいでです。その才覚と妖艶と技を、ますます磨きなさいとは言わないが、スクール（学校）位はできる。スクールをつくれば収入が増えて、もっともっと磨きがかかり、あなたの生物学的適正がますます生かされると思う。

彼のプロポーズを受け入れてあげてください。あなたはまだまだ繁殖期の香りのする方だ。頑張ってください。

メイク・ハッピー、ハッピー・ライフ。

あなたの人生です。

しかし、うらやましいお方だ。

私も、心底あなたにあやかりたい。

（２０１１年11月11日）

成熟

Q 師匠は良く女性をお書きになりますが、結論として女性とは何ぞや。

（自営業者　年齢不詳）

A 娘、少女、処女、女学生、女、おなご、OL、女性、乙女、年増、後家、未亡人、貴婦人、伯爵夫人etc.

青い麦、黄色い麦、赤茶けた麦、落ち穂。

私の市場調査の範囲は非常に狭く、また女性を研究対象に生きてきたことはありません。

哲学にも疎く、学問として女性を観察したこともありません。

それに加え当方至って純情、麗しき女性を痛烈微塵、真っ向竹割りに定義づけることなんて、とてもとても……。

夜道もございますれば、コメントは差し控えさせていただきます。

誰か危険物取扱業者にでも聞いてくれ。

エリザベス女王杯

（2011年11月12日）

エリザベス女王杯予想

アパパネの府中牝馬14着大敗の原因は何か。

府中牝馬1、2、3着のエリザベスの通用度。

秋華賞1、2、3着馬のG1通用度。

外国馬の信用度。

混戦である。

岩田は洋と2200が得意である。

福永は京都コースの牝馬戦で好成績である。

外国馬は過去10年で連単が昨年のスノーだけである。

3才馬の優勝回数が6回と群を抜いている。

3才馬を見渡すと、秋華賞1着馬アヴェンチュラ、秋華賞3着馬ホエールキャプチャ、京都2200に圧倒的適性を見せる種牡馬アグネス産駒レーヴディソール、ブロードストリート、英G1、独G1勝利ダンシングレイン、それに昨年圧倒的な勝利馬スノーフェアリー、頭をこの3才馬の中から選ぶ。

ホエールキャプチャーである。桜花賞2着、阪神JF2着、オークス3着、どうしても勝ちきれないが、今回はアパパネがここ最近不振あっても連れまで、ダンシングは外国馬、レーヴディが8カ月の休み明け、ならばホエールである。しかも今回は人気がない。穴党としては狙い目である。

連れは混戦模様と見て、アヴェンチュラ、敬意を表してアパパネ、3才№1のレーヴ、府中牝馬3着馬フミノ、アグネス産駒ブロード、ダンシング、そしてスノー8頭。

結論　馬単

3―18　3―1　3―4　3―8
3―11　3―14　3―10　3―11
3―2

3連単
3―1―8　3―8―1　3―1―4
3―4―1　3―14―1　3―1―14

3—14—18　3—18—1　3—4—18
3—18—4　18—3—4　18—4—3
（2011年11月13日）

いろ（色）は国家

Q 二枚舌の大ファンです。毎日開いてはにんまりしています。

さて質問ですが、日本人は全体的につつましく街も国家もはっきりした主張もなく、ぼんやりとした国のように見受けられます。政治家にも明治政府が打ち出した『富国強兵』、敗戦国家を建て直そうと考えた昭和政府が頭をひねって考え出した『貿易立国』といった国家理念も、この国家が窮した時に、こうだ、という方向を示す人材も考え方も見受けられません。

人材をつくるには一体どうしたらよいのでしょうか。（46歳日本愛する会）

A 急いだわけにはいきませんが、急がないといけない現状で、まったくあなたの御指摘の通り危惧すべきであります。

ここにいくつかの方策が考えられますが、産業革命で成功したロンドンにイギリスはもとより世界各国から多くの人々が、職と富とを求めて押し掛けた。まさに世界で初めてのことで国家をまとめることが最優先課題となった。

そしてこの先進国が打ち出した方策が『カラー作戦』である。国民を意識づける途方もない長期の方策であったが、この作戦は非常に有効であった。

イギリスに行った方はすでにお気づきだとお思いですが、非常に明確に有りとあらゆるところに鮮烈に色が塗られています。現在では少なくなりましたが、郵便ポスト、電話ボックス、消火栓、ロンドン・バスは、あのイギリス・レッドです。タクシー、ポリスは黒、鉄道は機関車は黒と赤と緑、鉄道員は黒の制服、赤いモール、衛兵は赤のコート、白黒のユニオン・ジャックカラーのモール。実にわかりやすい。

このわかりやすさを取り入れたのがナチスのゲッペル宣伝相である。

「単純こそが政策である」

かれは、このイギリスが推し進めてきた政策をもっと先鋭的に戦術的に使って、短期間のうちに国民を一丸としてしまった。

さて、情報が個人それぞれ勝手に入手できるようになった今日、やはり毎日目にする視覚のあたりから意識改革をしていかないことには、まさに国家の方向が統一化できないのではなかろうか、と私は思う。

如何でありましょうか。

ところが、この日本国にはカラー《いろ》にはいろいろな意味があって、どうにも軟弱な方向に捉える方もおありになって、意識統一が難しい。

親愛なる「広辞苑」によりますと、いろ「色」とは、色彩、様子、艶、きざし、愛情の対象となる人、となかなかに情愛的な意味合いも含まれていて、口元がゆるむ。

しかしながら、世が世だ。情愛的だとか艶だとか言ってる場合ではない。イギリスに習い、ナチスに習いはっきりと進むべき方向を、せめてカラー位で示めせる国家になってもらいたいものだと、まあ結論付けておきましょうか。

（2011年11月14日）

金沢を代表するショットバー

『ことりっぷ金沢・北陸』昭文社発行

金沢を代表する老舗ショットバー

倫敦屋酒場（ロンドンヤバー）

昭和44年（1969）創業の全国でも屈指の老舗バー。

直木賞作家故・山口瞳が通ったことで広く知られている。

多くの文人墨客、映画人、音楽家等が贔屓にする名門バーでありながらリーズナブル、地元の人が愛し贔屓する金沢の誇りの一店。英国直輸入のシングルモルト、ギネス、キルケニも愉しめるが親子二代にわたって磨き上げられてきたカクテルも震えがくる。

石川県金沢市片町1—12—8

076—232—2671

17：00—翌1：00

（金、土・祝前日は—翌2：00）

無休（但し、年2回、海外仕入れに行き休日）

英国人が設計のどっしりした大人の空間

全国のバーテンダーが金沢のバーならと推薦する

老舗ならではの味わい深い伝統の味

（2011年11月15日）

釣り

Q お若い時随分と釣りをなされたとお聞きしました。釣り師の話はメダカを釣ってもいつの間にか鮪《まぐろ》か鯨《くじら》を釣った話になりますが、マスターの武勇伝をご披露願えませんか。

（68歳老獪な釣り師）

A 私は釣行に出かける前日の晩、布団の中でその川なり、磯の魚を全て釣り上げてしまっている。それでいつも眠らずに釣り場に出かけて釣果にはいたってない。

前日までの話なら少々大法螺釣行記で

戸田宏明

第一回　綿密なる企み

「おお、自由」
二人、図らずしも
同時に声をあげた。愛竿を手に
自由を勝ち取るために
いま、解放のクーデターは始まった

数日前友人のレストランオーナーシェフ・グット氏と、ぐびぐび、ちびちび、ガバガバ赤ワインやらウヰスキーやらビールを飲みながら、

「愛妻家というのは実は恐妻家なのではあるまいか。恐妻家イコール愛妻家なのではあるまいか」

と、いう話になった。


なかなかに含蓄があり共鳴もするが、愛妻家と言われた時にどうも、その言葉の中の一部に軽蔑の意味合いも込められているような気がする。

ところが広く世界を見渡すと
「〇〇大統領は非常なる愛妻家である」とか
「殿下におかれましては、妃殿下とは大変お仲がむつまじくあらせられます。いわゆる下で話されている愛妻家であらせられます」

と国民の鑑のごとくであります。

そして、世界各国においてはそのことを伝え知るや、

「さすが殿下、御人物が違う」

と高評されるのでありますが、しかし我が国においては、

「僕はすこぶる愛妻家で、毎朝出掛けにチュと唇を合わす」

と、申しあげてでもしてみるとたちどころに、

「男の風上にも置けぬヤツ、女々しいヤツ」

と御叱責を頂戴するが、実際のところ
「カァーチャンは怖くないか」

と、小声で尋ねると、ほとんどの男性は声をひそめて、

「怖い、恐ろしい」

と身を寄せてくるのであります。

それでは、鬼や蛇だと本当に怖いかといえば、怖くもなんでもないのであります。

「それじゃ、なんなんだ」

と、尋ねられると、

「小うるさい」

「お節介過ぎる」

という結論に達するのです、が、

「あなたのことを愛しているから心配なのよ」

と、女房達は愛情という実に厄介なもので小うるさいとか、お節介を正当化してしまうのです。

そして、これがまったく困ったものなんですよ、青年諸君。

いいですか、あなや油断召されてはあなたは、拉致、拘束、幽閉の身となってしまうのですぞ。

方々、決して油断召されるな。

「手厳しいですか」

「手厳しいです。実は彼女《あいつ》も以前は

野に咲くスイートピーのように、微風《そよかぜ》にさえにも打ち震える寂しげな瞳をした可憐な少女だったんですがねぇ」

「今は昔ですか」

「今は昔です。霞のかなたの遠い昔です」

「しかし、大なり小なり女はすべてそうなんですよ。それが女の雌の営巣本能なのです。鮭は我が身を傷つけてまでも川底に産床をつくる。鶴にいたっては、自分の羽を抜いてまでも巣をつくる。それが雌です。雌の血なのです。本能なのですよ、家を守る」

「それではオスの本能の方は……」

「オスは種族保存のために、元気のある奴が多くの雌を従える。そして交合《まぐあ》い子孫をつくる。それが種族を強め繁栄させる生命保存の原理原則なのです」

「となると、その従えるというお話ですが……」

「グット君、気づくのが遅かった。我々はとっくに峠を越え、やおら下り坂に差しかかってきている。種族を守る強い血も体力も弱まっている。それに多くの雌を従えるなんて夢だ、夢」

「夢かもしれませんが、オスの本能のなんたるやを、女房たちに理解してもらわないと」

「そこだ、そこなんですよ。そこに先ほどの営巣本能が出てくる。雌は自分だけが一身に強いオスの愛を受け子孫の繁栄を願う。ところが強い元気なオスは種族繁栄のためにその元気をばら撒《ま》きたがる。しかしその元気をあまりばらまくと、やがて子孫同士の近親交配によって血の汚れた弱い子孫が出来る可能性がある。そこでその血の汚れを防がんとピシャリと釘を刺す。

　それが古代からのオスとメスとのギャギャブゥブゥの歴史なんです。諦めるしかない。

　それにヨイ子さんは良い奥さんではありませんか。朝は主婦、夜はマダム、ミッドナイトは貴君の妻と、一人何役もこなしておいでだ。とても立派ですよ」

「その通りなんです。いいんです。とても感謝しています。そおなんですがねぇ」

「君ィ、贅沢をいっちゃいけませんよ。お綺麗で、絵画もプロ、茶道を極めてお淑《しと》やか、季節の移ろいにも細やかに心配りをなされる素晴らしい人ではありませんか。第一、貴男はヨイ子さんからとてつもなく愛されている。それが貴男の全身からも汲み取れるし、滲《にじ》み出ている。幸せ者ですよ」

「そこなんですがねェ、だから、こんなことをいっちゃなんだけど煩《わずら》わしい」

「煩わしい……」

　その通り、まさに煩わしい。

　私は思わず膝を打った。

　私の人生の行く手に絶えず立ちはだかってきたものはこの煩わしさだった。

　いつだって、今日だって、今だって。

　そうだ。この煩わしさから逃れよう。そうでなくちゃ自分自身が駄目になる。

　彼《か》の全知全能の神ゼウスだって、絶世

の美女と謳われた妻ヘラから逃れ続けていたではないか。最初は従順でやさしいヘラも日を追うにつれ、エライ嫉妬深い手厳しい奥さんになっていった。ゼウスはその煩わしさから逃れるために、息子で酒造りの神であるバッカスのところに通って気をなごませていた。

これが酒場の起源であり、古来より酒場とは、女房より一歩でも遠ざかるために存続してきたのだ。

神々にしても酒場に逃避していたではないか。

さあ、逃避しよう。逃避しなくちゃ。しかるに、しかるにですよ、ここに困った問題があるんです。嗚呼、何と僕は酒場を営んでいる。

しかも、女房も一緒だ。エライコッチャ・ドナイショ。

僕はグット氏との話も上の空となった。

逃れなくちゃ、逃げよう。離れる。去る。消える。一人っきりになる。己を取り戻す。

そう、己は己であって他ではない。

肉体の休息、精神への施し、知恵への耕し、人生は一度ッ切り、人生とは諦めないこと。悔いを残さないこと。

やれないんじゃない、やらないだけだ。

僕はうわ言のようにつぶやいていた。

そして、ぼくの活断層はついに怒《いか》った。

「そや、釣りに行こう」

「釣りですって……」

「魚釣りです。陸釣りではありません」

「種族保存はどうなったのですか。従

えるって方は……」

「グット君、種族保存のために、従えるために肉体と精神と知恵を鍛えなおすのです、魚釣りで」

「その関連性はよく理解できませんが……」

「兎に角、女房達から一歩でも離れて自分の時間を持つということです。それに釣りとなると女房たちも少しは収穫を頼みとする。何しろ銭勘定には冴えている。会計が救われるとなると甘くなるに決まっている。しかもですよ、山や川や海が相手では、オネーチャンなんか決していない。生臭くない。これぐらいは許さないと女が廃ると考えるに違いない。ましてや、獲物を引き下げて帰ってごらんなさいよ。流石、男子《おのこ》よと、尊敬の念からカシヅク」

「カッカッ、カシヅク」

「結婚当初、一カ月や二カ月、確かにカシヅいていた時期があったでしょ。あの時が帰ってくるのです。復権の時です。喜ばれて、権利を取りかえして、己自身のうらうらとした時間を獲得する。言うことなしです」

「自分だけの時間ですか……」

「そうです。自分だけの時間です。もっと、わかりやすく申し上げるならば、自由です」

「自由……」

「そうです。自由です」

「オオ、自由」

二人は図らずしも同時に声を挙げた。人類永遠のテーマ、それは自由だ。

その自由のために多くの血が今も流れている。人類の歴史は束縛からの解放以外の何物でもなかった。

「あなたは自由のために血を流すことが出来ますか」

と、問われたならば、ぼくは断じて申し上げる。

「自由のためならば、命をもいとわないと」

そして、その時はきた。

2月6日、午前5時30分。

牡丹雪舞う能登の地へと、ぼくたちは嬉々として出漁していった。

完

私は出漁前夜でエネルギーの大半を使ってしまうタイプである。

嬉し過ぎて。

真に勝手ながら、本日の講演ここまでにて、御免仕ります。

（2011年11月15日）

ひとりよがり

Q 使いたくても使えない言葉があって大変不自由です。執筆なさっておいでのマスターはどのようにお感じですか。

（地方公務員）

A 大変生臭い言葉ですが、紳士であれ淑女の方であれ、大胆にお使いになっていられるお言葉があって、こっそりとほくそ笑んでいる。
ある時、とある大会社の部長さんが
「本腰を入れてやれ、本腰を」
と、若い女子社員に訓戒を垂れていたが、女子社員の方たちはどのように取ったのであろうか。
まあ、この手の言葉で、今や語源も出どころも知らずに盛んにつかわれているのがあって、ほのぼのとしている。
そこで、廓《くるわ》用語で一般的になったものをちらりと。
ひとりよがり
抜き差しならぬ
出血大サービス
等々
今や大々的に使われて、微塵ともその辺りが匂ってこない。
規制によって世の中がゆたかになったことはない。豊かになった国に規制はない。
そういうとこでしょうか。
（２０１１年11月16日）

絵になる

Q 師匠　出張で日本各地に行きますが、どこもここも皆特色のない建売分譲の国になってしまいました。

このことをどうお考えでしょうか。

（47歳会社員）

A 都会は絵にならない。団地は絵にならない。分譲住宅地は絵にならない。

絵にならないものは味がない。

（2011年11月17日）

初恋

Q 人生80年といわれるようになってきましたがマスターはどのようにお考えですか。

（万年老人）

A 若い頃は将来を考えた。

年を取ると残された日を思うといわれますが、年は夢を捨てた瞬間にやってくる。

故に、老化と年を重ねたこととは根本的に違う。

「病《やまい》は気から」ならば、死亡はもっと気からである。

私の場合、昔から厭なことはやらない。厭な奴とは付き合わない。組織に与しない。役職につかない。群れない、という施政方針でやってきた。

人生80年といわれるようになって、今の心境を話せと言われるならば「初恋があって、終恋がないのはおかしい」ということぐらいです。

如何でしょうかこの解答で。

（2011年11月17日）

家を建てる

Q 家を建てたいと思っています。そこで質問なのですが、私より長く世の中をご覧になっておいでのマスターに理想の家とはをお聞きしたいと思います。

（46歳自営業）

A

人類学的にいえば、我々日本人は遠い古の昔より、木の家に住みなれている。つまり自然素材の家である。

私たちの体に一番やさしく合っているのは木造の家である。完全と結論付けるならば、我々の体は木造の家に住むように作られている。それが、日本人をつくり、文化をつくってきたのだ。そして、その自然素材の枯れ具合を風雅、味わいととらえる精神性が、日本人社会をつくってきたといってよいでしょう。

わたしが、住みたい家とは、高校や大学にいっていない叩き上げの老練な大工さんが造った茅葺《かやぶき》の家だ。

囲炉裏と縁側がある民家だ。まかり間違って一歩譲っても、平屋の数寄屋造りだ。

ところが、困ったことに、この日本人なら誰もが暮らしてきた日本の自然素材だけで作られた家となると、莫大《ばくだい》なお金がかかってしまう。

ここのところが私には理解が出来ない。みんな大学へ行って賢くなっているのに、日本人が住みなれたそん所そこいらに生えている木と竹と土と藁で出来る家が、なぜ高くついてつくれないのか。科学の国技術の国であり、経済大国でありながら、何世代にもわたってつかえる家に科学が入り、技術が入って、革新的な暮らしが出来るようになったかというと、これがガラガラなのです。最先進技術大国でありながらだ。

まあ、そんなことは好き好きだから何を言ってもしょうがないが、自分の国の自前でできるものがなぜできないか、というところが情けない。

なんだかんだいっても仕方ないが。

私は小ちゃい茅葺きのジャグジー付きのヒノキ風呂のある家に住みたい。

（２０１１年11月18日）

セクシャルティ

Q 教授様　今まで何度もちょっといい感じの男子がいたとしても、その男子とは何も進展せず（なにもされないまま）でおわってしまいます。男子をその気にさせる女としての色気が欠けているのでしょうか。そこで教授様、男子をそそるセクシャルティ（大人の女の色気）って、どうやったらできるのでしょうか。お教えください。

（21歳女になりたい女）

A かつて、戦場に立っていたころ、我慢も限界だと感じた時があった。

今振り返って分析すれば、

二人っきりの時だった。

暗かった。

距離が限りなく隣接していた。

会話が途絶え沈黙が続いた。

以上の諸条件がかみ合った時で、ダイエットでも、腰のくびれでも、肌の露出度でもなかった。

あなたが気になさっていらしゃるセクシャルティばかりでは決してなかった。

セクシャルティで愛は生まれないが、限りない愛情でセクシャルティを感じてしまう時の方が圧倒的に多いと思う。

要約すれば、男性の心理としては、愛おしきものは奪い去ってしまいたいものなのです。すべてを独り占めしたいと思うものなのです。

ご安心なされて、まず、二人っきりになることからお始めください。手順通りに進めて相手が、我慢の限界を感じなかったら、最終兵器の出動です。

最終兵器とは、しなだれかかる、ということです。

あなたに幸せあらんことを祈っています。

by 二枚舌

（2011年11月19日）

禁塩権

Q 料理のレベルを決めるのは塩加減だと思いますが、マスターはどのようにお考えですか。

（32歳調理人）

A 塩加減ですべてが決定するのだったら、調理人の道は安易であろうが、それだけでないことは調理人であるあなたが一番よく知っておいでだと思う。

最近巷には、誰かがつくった料理を家庭惣菜として販売しているところがありますが、口が曲がって、吐き出すようなものがよくある。そういうのはほとんど塩の善し悪しを選ばず、化学塩を使いすぎた場合が確かに多い。

わたしは最近人生を豊かに生きるために禁煙権、禁塩権、禁宴権（飲み放題）の三つの権利を主張している。

これはつまり、文化度であるといってよいのではないかとまで思っている。

あなたも調理人ならば、幅広い素養をお持ちになることを熱望致します。

それらの全てがあなたという人物を作り上げる調味料なのですから。

調理を決定するのはその調理人の文化度です。

塩梅というように、確かに塩加減もありますが、一つ上に行くにはそのことが重要なのであります。

以上

（2011年11月20日）

ワイン

Q「人情　安宅の関」大変感動致しました。時代小説とはびっくりいたしましたが、何という抒情的で美しい文体でびっくりいたしました。心に残る名作です。有難うございました。次回作を期待しています。
さて、質問ですが　ワインには食事

と相性がありますが、他にそういったことがあるんでしょうか。ご専門家の師匠に是非お聞かせ願いたいと思います。

（44歳ビジネスマン）

A あります。

やけ酒にワインは決して合いません。お気をつけあそばせ。

（2011年11月22日）

酒場十戒

Q　師匠は酒場《バー》を経営なさっておいでですが、バーテンダーから見て戒めることをお教えください。

（27歳生物研究者）

A カウンターの中から見て、

何が嫌だといっても、酒を飲んで態度がガラッと横暴になる人。

酒の場だけの話ではないが、こういう人を人間的に未熟児だと思わないわけにはいかない。

素養を身につけていない人が社会に出ると、その場の空気が読めない。その結果、他の人の心の平安を乱してしまう。非社会人（横暴人）つまり、お座に出せない人。

哀れである。

戒めることなどはないですが、人前に出るということの律し方を心得るということぐらいでしょうか。

（2011年11月22日）

離婚をしないですむ方法

Q 先生、来春結婚の運びとなったものですが、どうしたら離婚しなくて済むのでしょうか。お教えください。

（27歳ＯＬ）

A 信頼し合うということが結婚というものです。

結婚前にしてそんな事を考えているようでは離婚につながる。

すなわち、猜疑心を持つことによって相手から愛情を遠ざける。

離婚の原因はすべて猜疑心からである。

あなたに先人たちの英知と心構えを伝授しておこう。

「秘すれば華、知らざれば華」

これが、離婚防止の魔法の呪文です。

結婚前にアホなことを考えずに、この呪文を良くかみしめてからお床に入りなさい。

あなたの幸せを祈っています。

（２０１１年11月23日）

風邪の特効薬

Q 師匠は「バーテンダーは心の名医」と名乗っていらしゃいますが、事実初期段階の風邪を酒でお治しになられるとお聞きしましたが、是非ご伝授ください。私自身飲み過ぎてしゃっくりが止まらなかった時、師匠の調合なされた秘薬で瞬時に直された経験があります。あのときにも感動しましたが、是非酒は百薬の長という風邪の特効薬をお教えください。お願いします。

（38歳バーテンダー）

A

酒の中には薬局で売られていたものも多い。修道院、寺院に駆け込んだ重病人のためにつくられた秘酒も多い。じっくりそれだけを調べたことがあって、特に興味を引いたのは多くの子孫を残そうと願い造られた閨房酒《けいぼう》（簡単に申し上げればバイアグラ）である。

これはヨーロッパも中国も大変盛んだったが、日本ではあまり研究がされなかったのか、まむし酒はじめ数種である。その研究のおかげでまだ私は元気でいる。

ところで、

キリスト生誕の頃にはすでに酒の種類も相当なものだった。しかしほとんどが麦か、ブドウから造られたもので、製法の違いと添加物の違いだけで、その地方の特徴を表した地酒的なものだった。

中でもキリスト教の布教と共に酒の世界を席巻していったのがワインである。

すなわちワインの医薬的効果を宗教マジックとして活用したからである。

新約テモテ前書第5章23節

「今よりのち水のみを飲まず、胃のため、また、病にかかる故にすこしく葡萄酒を用いよ」

これすなわち、健康を保つために葡萄酒を飲みなさい。さすれば葡萄酒は食欲を進め、消化を助け、病気にはかからなくなる、と説いている。

また、

詩編104編第51節

「人の心を喜ばしむる酒、人の顔を艶やかならしむる葡萄酒、人の心を強からしむる糧なり」

と、精神面の効用を説き、予防医学を説いている。

この葡萄酒を蒸留した酒がブランデーである。

葡萄酒がキリストの血ならば、この葡萄酒を蒸留したとてつもなく強い酒は病人さえも復活せしめる強い酒だった。心臓の復活、つまり命の水と称した。

後年、ここに目をつけたブランデー業者へネシー女史は、アルプスでの遭難者を救わんとセントバーナード犬の首に小さなブランデー樽を結わえ救助にあたらせた。遭難者は、セントバーナード犬の首のブランデーを飲み、セントバーナード犬にくるまって暖をとり多くの人が助かった。

この事がへネシーの評判を呼び、ブランデーブームに火をつけた。

この故事に習い、ヨーロッパでは、風邪をひいて悪寒がしたり、喉が痛くなった時にはブランデーでうがいをすると直ちに治るといわれている。これは、確かによく効きそうだ。第一、色もイソジンやルゴールと似ているじゃないか。

　ただ問題なのは、うがいした後、そのブランデーを吐き出すべきか、そのまま飲んでしまうかという点で、いつも議論が分かれる。延々、長々、果てしなく議論が続いてきているが、私の研究の結果、ゴックンとのみ込んだ方が効き目が早いと思われる。

　このブランディーの誕生が、1603年と申しますから彼の有名なシェイクスピアの「ハムレット」の初演の年のことでありました。

　私は風邪の季節が楽しみです。

　あったかいブランデーのお湯割りで何度も何度もうがいを繰り返せるこの時期が。

　おためしあれ。

（2011年11月24日）

引越

Q マスター様　二枚舌毎日拝読いたしております。もちろん「人情　安宅の関」、累々の涙を流しながら完読致しました。まさに胸を打つ名作です。家族はもちろん会社の者たちにも友人にも是非にと進めています。マスターのマルチな才能に感心いたしました。次回作熱望致します。
　さて質問ですが、東京に引っ越すことになりました。しかし東京といって

も大変に広いですが、どういったところに引っ越したらよいでしょうか。お教えください。（40歳会社員）

A

重要なこと。

1、近くに美味しい豆腐屋があること。

私は豆腐と油揚げのない生活は考えられない。日本人の人生を豊かにしてくれるのは豆腐屋であると私は声を大にして断言する。それには近くに美味しい豆腐屋があることが第一番目の条件である。

2、最寄りの駅近くの路地裏に親子三代に渡ってやっている美味しい居酒屋があること。鮨屋、焼き鳥屋、蕎麦屋、おでん屋、天麩羅屋、バーも、もちろんのことである。

その店の前を通り過ぎることは決してできない。美味しい酒も肴もそうだが、なんの会話もしたこともないのだが、顔見知りの酒場仲間が待っている。人の人生を豊かにしてくれるのは、近くにそんな酒場があることだ。

3、近くに川が流れていること。

朝、夕に川の土手を散歩する。たたずむ。ぼんやりと川の流れを眺める。

人の人生の疲れを押し流してくれるのは川の流れだ。川渡りの心地の良い風だ。

4、家の近くに商店街がある町であること。

要するにスーパー、ドラッグスト

アー、ファミリーレストラン、コンビニ、ホームセンター、ダイニング等々の駐車場をやたらに広く持った街並みを分断する全国展開のチェーン店のないところ。
5、商店街を通ると店の御主人が声をかけてくれる町であること。すなわち、人間の住む町であること。
6、祭りのある町であること。
祭りのない町なんか馬鹿馬鹿しくって住めるかい。
これが私が望んでやまない引っ越し先だ。
参考になったでしょうか。
（2011年11月25日）

酒の起源

Q 手品師は種を明かさない。バーテンダーであるマスターは酒の話は店でしかしないそうですが、マスターの専門分野の酒の質問で真に恐縮ですが、酒の起源を紐解いてもらえないものでしょうか。一度お店を訪ねさせていただき、そのあふれる酒の話に感動しまして、マスターの学説が聞きたくて敢えて質問させていただきました。宜しくお願い致します。
（45歳バーテンダー）

A 酒もカクテルも、必要は発明を生むというところから造られたものである。

人間も生物であるが、その生物がなぜ酒をつくったかを研究してみた結果、私の学説はこうだ。

生物には恋の季節があって、その時期になると子孫の繁栄作業を行う。しかし、雌は完全なる受胎の時期を知っていて、その時以外は頑として雄を拒む。雄のほうはいつでもよいのだそうですが、雌は嫌がるのです。その低抗ぶりは大変なものでして、嫌がる相手と無理やり行うのは、人間以外の生物では絶対に不可能だそうです。

ひょっとすると、人間の雄は年中事、事として事を構えたいために酒を発見したのではないかと思う。

私にはそれ以外の酒の起源は考えられない。あなた方紳士諸君、くれぐれにも、酒には感謝すべきでありますぞ。どやね。バーのお話としての酒の起源説は。

これ以上は、カウンターに掛けに来てくれや。

以上

（2011年11月26日）

ジャパンカップ

Q 暮れも迫ってまいりました。早ジャパンカップの時期と相成りました。ここは一番勝ち取って豊かな年の暮れといたしたいものです。師匠の勝負馬券をお知らせください。

（31歳フリーライター）

A この秋、私はまだかすってもおりません。
しかし、このロイヤルの遊びを大いに楽しんでいます。
さて今回は
ジャパンカップは天皇賞から狙うか、菊花賞から狙うかのレースです。そこで高速で決着した天皇賞は反動があるとみて、菊花賞からを選びます。ウインバリアシオンです。
歴代の菊花賞の記録を見ると、ディープインパクトが3分4秒6、ローズキングダムが3分6秒3、バリアシオンが3分2秒8、どうですかこの時計が今回の狙いをいかほどにも裏付けているか。
すなわち
12番バリアシオン。果たして、前回天皇賞で最高上がりタイムをたたき出したペルーサ、不利があってのことだから当然ながら、この二頭軸で勝負です。
三連単　二頭軸からそう流し
幸運を祈ります。

（2011年11月27日）

嵐山光三郎『ぶらり旅』

嵐山光三郎
北國新聞社　1300円
2011（平成23）年11月27日（日曜日）第8面書評欄

特筆すべきは、従来、旅エッセイや観光ガイドブック類にはまず登場しなかった異色の題材の見られることで、例えば「高校相撲」「金沢競馬」「のと鉄道」での運転体験等々……

「金沢競馬」では、かつて山口瞳が「草競馬流浪記」でこれを褒めちぎったことにまず言及し、となると、熱狂的山口ファンとして知られた金沢の酒場倫敦屋氏も登場するはずと期待したら、案の定、そうなっていて、往時を少々知る私は、何とも嬉しかった。

（2011年11月27日）

金沢名物

Q 友人に日本一の唐揚げと聞いて早速食べに行きましたところ、あまりのおいしさにびっくりしました。飛び回っている噂は本当でした。食ログに乗らないことを祈っています。帰りに買った「世紀の二枚舌」。余りの面白さに第一巻もヤフーで探していますが見当たりません。在庫がありましたらお譲り願えないものでしょうか。

唐揚げも間違いなくマスターも日本一です。

（27歳レストラン勤務）


A 有難うございます。巷で日本一の唐揚げと囁《ささや》かれていることを8月頃に知りました。1969年以来、鳥も製法も調理法も一切変えていません。これからも一子相伝で守り抜いていきます。唯、昔ながらの調理法で多少時間がかかりますが、どうぞご了承ください。

「世紀の二枚舌」は絶版になりました。私の手元にも3冊あるだけです。一つは額に入っています。一つは書架に並べてあります。もう一冊は資料用です。そういうわけで誠に失礼ですがお送りすることはできません。

ただ、来年後半になりましょうか、「世紀の二枚舌」第五弾が発売決定となりました。

そちらでお許し願いたく存じます。但し、改訂版、収録版が発売となりましたならば、ネット上でご案内いたします。どうぞ宜しくお願い致します。

（2011年11月27日）

葉加瀬太郎さん

Q 葉加瀬太郎さんのコンサートに行ったら、金沢公演の折には必ず倫敦屋酒場に訪ねられるとお話されました。
実は葉加瀬さんに会いたくて26日（土曜日）コンサートの後にお店の方にお邪魔したのですが、あくる日野暮用がありまして11時半に帰宅してしまいました。私の帰宅した後に葉加瀬さんはおいでになられたのですか。倫敦屋酒場では何をお飲みになられるのですか。

（57歳主婦）

A 大好きな方です。今年もお出でになられました。たまたま遭遇した人たちにも寛大に一緒に写真に納まったり、握手されたり、葉加瀬さんの人柄にはいつもながら感心してしまいます。

手前どもの店では、スタートはジンリッキーです。それから、じっくりとラフロイング（エイジング・インザ・バレル）をたしなまれます。
皆さんを代表して葉加瀬さんにお会いできたこの仕事に日々心より感謝しております。

（２０１１年11月28日）

君は僕の太陽だ

Q よく昨夜は頑張って太陽が黄色く見える、ということを聞きますが、冷静になって太陽を観察しますと、朝日と夕日は赤く、日中は高く空にあって白く見えます。じゃあ、黄色く見える太陽はといえば、朝日が上がってしばらくしたときと、夕日が沈むしばらく前の一瞬です。つまり、昨夜は頑張って太陽が黄色く見える、ということは、朝帰りを象徴した比喩ではないでしょうか。その道にたけた師匠は太陽が黄色く見えたことが御有りですか。

お教えください　（31歳介護士）

A

朝、のら仕事に出かけるとき見えた。日暮れ時、のら仕事から帰る時にも見た。

子供たちの絵を見てみると、太陽を赤く塗る子と、黄色く塗る子がいる。日本の国旗は日の丸というから太陽なのですが赤色です。お隣の中国の国旗は青地に白抜きの太陽である。南米の国々、朝鮮の国々と太陽を国旗に取り入れたところは多々ありますが、太陽が赤い国は日本だけです。

日本人は勤勉で早起きなのか、仕事熱心で夕方遅くまで働くのか、またそうしなさいという理念が込められているのか赤色だ。

まあ、よく考えて見れば日本人しかわかりえない熱いものを感じる。

因みに、イタリア人は太陽を黄色く書く。フランスもスペインもみんな太陽を黄色く書く。

と、なると

「君は僕の太陽だ」

という時、太陽が黄色く見えるまで君を愛す、という猛烈な意味が込められているのではなかろうか。彼らは太陽を情熱ととらえ、我々日本人は労働と取っているのではなかろうか。

してみると、西洋人はみな、猛烈な夜であなたを歓待する、という非常に直接的に女性を口説いていることになる。そして、女性もまたそれを心地よしとしている。いかにもハッピーで単刀直入である。

それはそうとして、この事を知ったあなたは、日本の国旗を黄色に変える自信と体力はおありですか。

なければ、こんな質問を僕に向けないでいただきたい。

僕はのら仕事の行き帰りに太陽が赤く見える純血統書付きの日本人だから

(注、但し　君は僕の太陽だ　に出会えば別である)

(2011年11月28日)

新刊紹介

『人情　安宅の関』

著者　戸田宏明(私です)

出版社　論創社

価格　2600円

ご存じ「勧進帳」の富樫左衛門

いま初めて

事細やかに語られる

そのやさしさと　その度胸

書き下ろし特別エッセイ収録

戸田宏明は

「仁」に生きる男だ

嵐山光三郎

通すな、弟義経を
兄頼朝の厳命が、はるばる鎌倉から
加賀に下った。
この北陸の要衝を、破るか義経、抜くか弁慶……
彼らは、身分をいつわり身をやつし、奥州をめざしているという。
関守・富樫は目を見開き、耳をそばだて息をこらした――。
烈風烈々、安宅の関

全国の書店、ネット書店、うつのみや書店、倫敦屋酒場にて好評発売中。
（2011年11月29日）

橋下徹

Q 大阪都構想を掲げて橋下徹氏が当選なされた。世界的に見て日本の民衆はのんびりしていましたが、ついにジャスミンの風が吹いたかと興奮いたしました。また、理路整然と弁舌さわやかに演説をぶたれる橋下氏に大変好感を持ちました。
ところでマスターも「世紀の二枚舌」と絶賛されておいでのお方ですが、生徒会長その他に立候補なされて一席おぶちになられたことがおありですか。お尋ねいたします。（39歳唯の公務員）

A 小学生の時から応援演説のプロで、

何かと良く頼まれ、候補者を当選に導いた。

しかし、中学2年生の時、同学年のK君の応援演説を頼まれ私は熱弁をふるった。聴衆は歓喜で立ち上がり、万歳の声は鳴りやまなかった。女生徒たちは紅涙を流し、ハンカチをしぼった。

この時の選挙結果だが、1年、2年はもちろん、3年生の女子生徒までが全て、候補者のK君に投票せず、私に投票して、私が当選したことがある。

それ以来、立候補も応援演説も断わっている。


（2011年11月29日）

カクテル

Q お店でしかお酒のお話をされないとお聞きしていますが、そこを曲げてお答えください。

「カクテルとは何ですか」

（42歳アルコール撹拌技師）


A 「酒場のダンディズムとエロチズムを凝縮したものがカクテルである」

「権威、男心、女心、下心」

以前にもチラリと書いたことがあるようにも思うのだが。


（2011年11月29日）

天気

Q マスター様　北陸もいよいよ時雨の季節になってきました。御身大切に活躍ください。
ところでこの気まぐれな天気とは一体何なのですか。（40歳季節労働者）

A まさに字の通り、天の気持ちです。

天すなわち神の気持ちです。

悪い天気が続いた時など、神のお怒りであると、ふとそのように思ってしまいます。

ですから、むやみに自然の破壊をしてはいけないとか、排煙に気をつけろとかということをきっちりやっていないと、時々どえらい目に遭わされます。

お心なされよ。


（2011年11月30日）

商店街考

Q 残さなければいけない、マスターの好きな日本の風景をお教えください。（41歳国家公務員）

A 何といっても昭和初期の日本の商店街。

自宅兼商店という暮らしのある商店がずらりと並んだ町。

隣、近所あい和しという、日本的な親密感にあふれていて、これほど人間のつきあい方を学習させてくれるところはなかった。背景に住宅地があって、幼稚園があって、小学校がある。中学生がいて高校生が歩いている。その学生たちの成長を商店街が見守っている。駄菓子屋があって、おもちゃ屋がある。その隣が惣菜屋で魚屋だ。パチンコ屋があって、洋食屋がある。焼き鳥屋、洋服屋と渾然一体だが妙に調和がとれている。誰もが声をかけてくる。家族ぐるみでみんな知っている。それだから、安心できる。

中ほどに映画館があって、時々ストリップがかかる。

その隣が本屋さんと文房具屋さんとくるから奮っている。

「夏近し、熱さも吹っ飛べ、金髪外人ヌード総出演」

なんかの、乳首をナイロンの牛乳瓶のカバーみたいなので隠した看板が堂々と掲げられている。あれあれ、向かいにそろばん塾があって二階が学生塾だ。

「勉強して早く大人になろう」

と、子供心に自然と思えてくるから、金髪ヌードの力はすごいものだった。

看板に見とれていた八百屋の親爺が女房にしかられている。あれれ、八百屋の親爺だけかと思ったら、ちょぼ髭の仕立て屋の親父に、下駄屋の大将までが叱られている。

おや、まだ夕暮れ時分だというのに、たばこ屋の娘とメガネ屋の大学浪人の息子が、風呂屋の横の路地でくっついている。

「君たちは若い。大いに結構。商店街挙げて君たちを応援しているよ。心配するな。わからずのクソ親父や、ヒステリックなおっかさんは俺に任しとけ。唯大学に入って卒業してから、したいことをしろ」

鮨屋の若旦那と蕎麦屋の親爺がしっかりと意見する。意見だけじゃない後ろ盾になっている。

デパートの社長が商店街と共に発展しようと、市長に立候補した。目出度いではないかで、ほれ、また酒だ。

角の居酒屋が商店街の俄か選挙対策事務所だといって、あらら、昼からやっている。仕事はどうしたんだい。

「仕事は、かかあと息子夫婦がやってらい」

息子夫婦が後を継ぐ。それほど幸せなことはない。商店街とはそうでなくっちゃいけないよ。存続が基本中の基本だ。

そうやって、年代を重ねれば重ねた分だけ味わい深い商店街が出来るんだ。昨日今日、出来たなんてもんと訳が違う。

どうですか。日本が誇るはここですぜ。いながらにして、人生の学習が出来る。それが、渾然一体、猥雑極まりないオール・ミックス、私が愛してやまない日本の商店街なのだ。

私が暮らしたいのは、商店街のある町だ。

今その商店街が消えていく。

一体誰だい日本を壊してるやつは。世界遺産にすべきは、風景や名所旧跡ばかりじゃない。本当に世界遺産にしたいのは、日本人の暮らしの文化、商店街だぜ。

早く、世界遺産にしてしまわないと、この日本から消えていく。

急がれる、急がれる。

日本の商店街を世界遺産にする会
臨時会長　戸田宏明
（2011年11月30日）

贅沢とは

Q まったく世知がない世の中になってしまいました。時の首相が庶民の台所も見ずに、消費税を上げると息巻いている、息がつまるような国。マスターのおっしゃるように、国民が窮しているときに消費税の廃止をなぜ実行しないのか。自分たちの無策をなぜ我々国民が補てんしないといけないのか、さっぱりわからない国になってしまいました。企業が海外に逃げているときに、我々もそろそろ腰を挙げないといけない時が来ましたね。

まあそれはこちらにおいて置きまして、こんな時こそパッと贅沢がしたいものです。

例えばですが、毎月200万円つかって贅沢をしろ、と資金を提供されたとします。マスターはどのようにつかわれますか。それにぽんと初期資本だよと数千億円をおいていかれた、としてです。

（48歳社会人）

A プライベート漁港、自家農園、広大な雑木林、幾つかの山々。使用人の執事、漁師、農夫、猟師、メイド。数寄屋造りの山の別邸、南の島の瀟洒《しょうしゃ》な洋館海の別邸。上海、ホーチミン、ムンバイ、バレンシア、ミュンヘンに工場を持ち、シリコンバレーの研究所、シンガポール、ロンドン、ニュヨーク、パリに営業所を構える。

初期資本を全部使って。これはいやだ!!

さて、毎月200万円つかって贅沢をしろでしたね。

日当たりの良い縁側と、囲炉裏がある茅葺きの一軒家で、有名料亭で修業した日本料理の調理人と田舎料理の上手い70過ぎのおばさんと、春は花と鳥の声に囲まれて、夏はせせらぎの音とせみの声、昼寝、遠来の音無しの花火、星降る夜空。秋は燃えるような紅葉、サワシ柿、つるし柿、月見。冬は白、白、白の雪景色、炬燵、露天風呂、真綿の布団、噺家《はなしか》、講談師、浪曲師。三味線、琴、尺八等の音曲師をよび酒の肴とする。時には摘み草、花見で和歌を詠み、茸狩りで野山を歩き、川に出かけて釣り糸を垂れる。もちろん、紙は手漉《す》き、硯は端渓《たんけい》、墨は奈良古代墨、腰の籠《かご》は籠源秀辰の作、釣竿は江戸竿師十二代目作の名竿、手袋はエジプト綿の手編み……。
今日も黄昏、酒、酒、酒。
ありゃりゃりゃ、200万オーバーしてしまう。
誰かもう少し出して。足りなくなった。
（2011年12月1日）

素敵な時間

Q マスター様　素敵な時間とは一体どのような時間をいうのでしょうか。お教えください。
（38歳主婦）

A 誰にも知られたくないひととき。
（2011年12月1日）

危険な運転

Q 先日彼とドライブに行きましたが、彼はスマホ狂で高速を走っているときにも何度も開くので体が凍ってしまいました。それからも何度かドライブに誘われるのですが断わり続けていますす。とても好きだった彼ですが、ドンビケになって別れてしまいました。マスターもそんな経験がおありですか。
（26歳ナース）

A 一度、釣り仲間とタクシーに乗っていて釣果の自慢をお互いにしていたら、運転手がいきなり
「俺は三国沖でこんなおおきのを

釣った」

と、後ろを向き両手を広げた。

私はその時から車の中で決して釣りの話をしてはいけなことを身をもって知った。

なにしろ、一カ月間の入院を余儀なくされたのだから

（2011年12月2日）

宣伝の極意

Q 先生は世間から「世紀の二枚舌」と呼ばれておいでですが、先生が感心なされた広告はお有りですか。
お有りでしたら、お教え下さい。参考に致します。

（34歳クリエーター・マヤカシ造物創造師）


A 世界地図を開いてみると、大西洋北極圏近くにアイスランド（氷の土地）という島が浮かんでいる。

1944年にデンマークの主権から完全独立を果たした国家である。主都はレイキャビック、人口はたったの19万人。現在では金融不安国家として名を挙げたこともあり、人口は減少しつつあるとも聞いている。

氷の島（氷州）ゆえに当然のように、いくらあの手この手で土地を売ろうと必死をこいても、不動産業者達はことごとく失敗した。ネイミングが悪かったのだ。

さて、もう一度世界地図を見ていた

だきたい。

このアイスランドよりもっと北極に近いところに大きな島がある。これはもうアイスランドどころの騒ぎじゃない。しかしながら、アイスランドの失敗の轍を踏まないために、この島をグリーンランド（緑の土地）と名づけた。

その結果、もちろん、不動産業者はおおいに潤った。

アイスランドよりもっと北にグリーンランドはある。

こんな大嘘がまかり通るのが学問である、と思った僕は小学2年まではアインシュタイン以来の大天才といわれながら、学問から遠ざかっていった。

嘘が嫌いなばかりに。

もし僕が、地図帳を開かなかったら、日本はもっともっと豊かで、世界は大いに発展したはずだ。

現在世界が右往左往しているのは、大天才だった私が地図帳を見たからだ。世界を救える大天才から学問を奪った功罪が、現在の世界同時金融不安だ。私は悔やまれてならない。世界を救えたのに。

世界公認の大嘘が地図帳に乗っているのを発見しなかったら、私はこうは育たなかった。

「二枚舌」誕生の誰も知らない秘話である。

ここに書いた文章全てを、広告の原点ととらえて頂いてよろしいかと存じます。

（2011年12月3日）

広告文

ご質問を頂いて思い出した。拙書「人情　安宅の関」の宣伝を。

それでは

「人情　安宅の関」

著者　戸田宏明（実は私）

出版社　論創社　東京神田

価格　２６００円

広告文　池田雅延

第一回、腰巻大賞（本の帯）受賞

「酒飲みの自己弁護」

著者　山口瞳

出版社　新潮社

帯・広告文　池田雅延

通すな、弟義経を！　兄頼朝の厳命が、はるばる鎌倉から加賀に下った。この北陸の要衝を、破るか義経、抜くか弁慶……。

彼らは、身分をいつわり身をやつし、奥州をめざしているという。関守・富樫は目を見ひらき、耳をそばだて息をこらした──。

烈風烈々、安宅の関！

（広告文の名人、池田雅延氏の作です）

これが、真っ当な広告文、しかも池田名人の作です。

（２０１１年12月3日）

武士道

Q 「人情　安宅の関」読ませていただきました」。

感動の名作です。今母がハンカチで目頭を押さえながら読んでいるところです。

さて、文豪さま。

文豪は、将棋、剣道、と大変な名人であるとお聞きしたことがありますが、名人になるにはどんな精進がいるのでしょうか。お教えください。

（36歳気象学研究者）

A 気象学研究者とは天豪でいらしゃいますね。

と、エールの交換はここまでとして、気象学者で思い出した話がある。

丸谷才一先生が紹介されていた上手な結婚式のスピーチという中にこんなのがあった。

気象学の和達《わだち》清夫氏がなされたスピーチ

「いつも当たらない天気予報を流しまして、皆様に御迷惑をおかけしている和達でございます。

新郎新婦は箱根にいらしゃるそうですが、明日の箱根地方は快晴であります」

私はこの天気予報こそが最高の天気予報だと感動した。そして、いつでも結婚式に招待された時、自分なりに天気予報を立ててみている。

「強風注意報」「波浪注意報」「低気圧接近」「晴れのち曇り」「今晩から明日に掛けて時雨模様」等々。

私が結婚式場でお目出度くニヤニヤしているのは天気予報を立てているからです。

くれぐれも。

さて、御質問にお答えします。

ここだけの話ですが、わたしの名人道を。

わたしは、人と競うのが大嫌いで常に勝負を避けてきた。

それは、何という映画だったか忘れてしまったが、名だたる達人が二人、殿さまに所望されて日本一を決めることになった。いわゆる御前試合である。

名人が二人ですから、実に落ち着いていて、双方中段に構えやわらく睨みあう、5分、10分、15分、どちらも構えたまま動かない。見物人は固唾をのんで、こちらもじーっと見守っている。20分、25分。

動くのは天上を流れ行く白雲だけであります。

風が出てきたのであろうか、木々の小枝が時々揺れた。

その時である。

主役である方の名人が

「参りました」

といってさっと剣を引いたのだ。

私はこの瞬間に悟った。

そうだ。名人という存在は単なる力の強さだけではない。人格だの風格だの、枯れた境地を極めた人のことをいうのだ。

「道」とは美学の追求なのだ。

と瞬時に理解した。

それから私は、どんな勝負事にあっても、いつも毅然と尊敬に値する姿勢で、どこで
「参りました」

を言うべきかを、考え磨いて来た。

その結果、人は私を名人と呼ぶようになった。

名人と呼ばれるようになるのも、血の出るような精進の結果だと私は思っている。

どれだけ強いか、だって。

失礼ではないか、君。

参りましたを極めた私に向かって。

高校時代剣道の門を叩いたのは、剣聖といわれたH先生が道場をお開きになられたのを聞いたからである。

（２０１１年12月４日）

好きな人

Q 先生、好きで好きでたまらない人がいます。２年間もつき合っているのに手も握ってくれません。どうしたらよいでしょうか。（18歳です）

A 「君が僕に望むものは、僕が君に望むことと同じ」

２年も付き合っているのでしたら、こんなところではないでしょうか。

解決策

「行動は待つものではなく、行うものだ」

by 二枚舌

（2011年12月4日）

女性が目立つ

Q マスター様　男性は初対面の時、女性のどこを見ますか。不安でなりません。お教えください。

（内気な女）

A どこを見るかでなく、どこをアピールするか、どこに視線を集めるか。どこを見せるかです。

マリリン・モンローはハイヒールの右と左の高さを変えて、セクシーな腰の振り方で、世界中の男性の視線を集め虜にした。

攻撃は最大の戦術です。

あなたもあなたの自信を積極的にアピールするべきです。

幸運を祈る。

アドゥマン（また、お会いしましょう）

（2011年12月5日）

カー・マニア（車狂）

Q ジェントルマンであられますマス

ターの自動車についてのお考え方をお聞かせください。

車を買うに当たって是非参考にさせていただきたいと思います。

（29歳自営業）

A

若い時、真っ赤なMG・TFに乗りたいと思って、父親に懇願したところ

「皆んなが白褌《ふんどし》をきりりと締めて神輿を担いでいるときに、お前だけが赤褌で神輿を担ぐような恥ずかしい目に、父親の俺がどうしてできる」

と言って拒否されたことがある。

私も目の前にその光景が広がって納得して、マツダのキャロルを買ってもらった。しかしあるとき、出来たての東名高速道路で真っ赤なMGが風のように僕のキャロルを抜き去っていった時、若い時は赤褌だったと、ど偉く後悔した。なぜなら、それ以後何度彼女をドライブに誘っても2度とオッケイをしたことがなかったからだ。

40代になって、自分にふさわしい車はなんであろうかと掘り下げていったところ、ジャガー・マークⅡ（通称四つ目）の砲銀色にたどりついた。

なにしろ、銀行に乗りつける車と言ったら、これ以上押し出しの効く車はない。

社会的に立派に責任を果たしているという品性と格が、車にも表れていなくてはならない。

そして、私はその年齢に達したのだ。

男たるもの、自分を律することに、

律しすぎることはない。律することが出来てはじめて人物である。ところが車の運転ほど人格がよく出るものはない。車を運転すること、すなわち「世間から採点されている」ということなのです。

そこで、ジャガー・マークⅡ、砲銀色、運転手つきにいきつくんだなあ。

ですが、運転手には決して急ぐことを強要せず、周りの車が、いかにも遅く走れば損だといわんばかりに抜き去っていってもだ。ただ、ただ優雅におっとりと走ることのみを命じておく。

なぜならば、人格、人物、品性が出てしまうのはこの瞬間なのだから。

抜き去られようと、抜かれようと、ただ寛容にその流れの中に踏みとどまって、一定の優雅でやわらかい車ならではの心地よいスピードの中に身をゆだねながら走り続ける。それこそが良い運転なのだから。

ですが、ここに問題を発見した。

運転手を雇う金がない。

それに第一ジャガー・マークⅡ・砲銀色を買うお金もない。

その結果どうしたかって

国産で一番押し出しの効く、トヨタ・センチュリーに乗っている。

ただし、自分で運転してだ、27年前の１９８４年ものを。

（２０１１年12月5日）

嵐山光三郎先生と共に

嵐山光三郎「ぶらり旅」
北國新聞　12月5日　朝刊第三面

橋立のカニ

前略……

同行した倫敦屋酒場の戸田宏明氏が「ガツンと食えよ、ガツーンと」と指示した。山本屋は倫敦屋がひいきにする店で、半年前から「山本屋へ行こう」と約束していた。

カニの身をミソにつけて食べると背骨に旨みが届いてきた。こうなると、もう止まらない。甲羅に酒をついで飲みほした。

「お見事なお手前です。ガツーンと飲め、ガツーンと」

倫敦屋の興奮度極に達して「私も一杯いただきます」と甲羅酒を飲みほした。

「これより、倫敦屋をガツン流カニ千家家元とする」

「ははあ、承りました。ガツンといきます」

かくして山本屋の一室は茶会ならぬ酒会となり、カニ甲羅に信楽焼銘蟹右ェ門と命名して、しずしずと甲羅酒を飲みました。めでたしめでたし。

（あらしやま・こうざぶろう　作家）

倫敦屋同行の巻でした。

（２０１１年12月６日）

バツイチの24歳の女

Q お教えください。何の明確な理由もなく別れさせられてバツイチになってしまいました。それですっかり自信をなくし仕事も手につかない状態です。どうしたらよいのでしょうか。

（バツイチの24歳の女）

A ノー・プロブレム。まったく問題はありません。

あなたの前途に、輝く未来が開けただけです。

それに、あなたはバツの一回ぐらいで大騒ぎをしていますが、私なんかは家庭内バツ、一万回は優に超えている。

（２０１１年12月６日）

好きなタイプ

Q あなたは良く女性のことを書いておいでですが、一体どんな女性が好きなのですか。一体どんなタイプの女性がお嫌いなのですか。お答えください。

（58歳外交員）

A 好きなタイプ　ガァガァいわない人
嫌いなタイプ　男勝りの人
（2011年12月6日）

もてる方法

Q 高2の男子です。どうやったらモテルのでしょうか。お教えください。
（悩める高2男子）

A 私はもてたいと思ったことは一度もない。身だしなみには気をつけたが。
唯、対象があって行動しただけだ、です。
（2011年12月7日）

嵐山光三郎著『ぶらり旅』

嵐山光三郎著　『ぶらり旅』
北國新聞社

金沢競馬編

菊の香に、またくーと泣く
負けも愉快と、負けおしみ

競馬ファンのあいだで語りつがれる名著『草競馬流浪記』（新潮社）の取材で、山口瞳氏が金沢競馬にやってきたのは1983（昭和58）年4月であった。

山口氏は公営競馬へ限りない愛着を

こめて「草競馬」と呼んだが、全国21カ所の競馬場のなかで一番すばらしいと絶賛している。

名馬がそろい、騎手は斜行せずに公正に走り、馬場の設備が抜群で、予想紙が充実していて競馬場の風景に憂愁がある、とほめちぎっている。

頭から湯気

それから27年の月日がたち夢にまで見た金沢競馬にやってきた。同行したのは『草競馬流浪記』ファンである佐々木忠平氏で、ロックバンド・めんたんぴんのリーダー。もう一人はこの本に酒場倫敦屋の名で登場する戸田宏明氏である。倫敦屋はレースで惜敗すると、

「クーッ」

と泣く人である。悲鳴とも叫び声ともつかぬ音が流れる、と山口氏は書いている。本当だろうか。

競馬場には、すでに忠平さんが来ていて、頭から湯気を出して「カーッ」と唸っていた。着いて、すぐ馬券を買う行為を「飛び込み自殺」という。

まずは高橋優子さんの厩舎へ行って馬を見た。優子さんの厩舎には15頭の馬がいて、この日は第9レースにはカナザワドリーム（雄5歳）、11レースにヤマトタケル（雄7歳）とメジャーワールド（雄8歳）が出走する。

優子さんは出走馬の鼻をスリスリなぜて「がんばりましょうね」と声をかけている。どの馬も優子さんに励まされると、

「ヒンヒーン、ハーイ」

とうなずくところが力強い。よーし、この三頭に決めたぞ。

河北潟光る

雨が降りはじめ、パドックが黒く湿ってきた。メタセコイアの木の奥に医王山が水墨画みたいににじむ。芝生の緑が目にしみて、河北潟が光る。

美しい競馬場だ。

目の前を馬が一団となって走り抜け、蹴った砂あとから雨の匂いがたちのぼった。

すると、背後で、

「ハーッ」

というため息がした。いつのまにか倫敦屋がやってきて、第3レース馬単「3—5」（3280円）を買いのがしたという。倫敦屋は山口氏ときた27年まえは「3—5」を買いつづけていて負け、たった一回だけ大穴の万馬券（1万1470円）の「3—5」だけを買い忘れた「悲劇の人」である。

忠平さんは炭団《たどん》みたいに赤くなり「カーッ」と唸りつづけている。

私は山口氏にならって競馬場の風景をスケッチしてひと息ついたが、6、7、8レースはつづけてはずした。

このままだと、3人ともスッカラカンになりそうなので「会社やろう」と申し出た。ひとり2万円ずつ出して、計6万円の馬単を共同で買う方式だ。勝負は9レースで、優子さんの厩舎馬カナザワドリームに賭ける。カナザワドリームつまり「金沢の夢」である。

しかし雨馬場のため、カナザワド

リームは惜しくも負けた。11レースは期待のヤマトタケルに賭けたが、これも負けた。

勝負は時の運で、負けることを体験することも競馬の楽しみである、と負け惜しみ。

11レースが終わった直後に出ました。倫敦屋が、

「クーッ、クーッ」

と連発して泣いた。この日の菊花賞レースをテレビ中継で見て、クーッ、クーッとブランドのクーッ泣きが出たのである。

三連単「6—10—12」が33万8840円とついた。倫敦屋が買っていたのは「6—10—11」であった。

「12番もくると思ったんです。買っとけば338万円入ったのに、クーッ」

山口瞳流だ

雨ふる金沢の町でうらぶれた酒場へ入って、モヤシいためで安い焼酎を飲んだ。有線放送から女性歌手の声で「泣いちゃいけない……」とブルースが流れる。忠平さんはこういうシーンに身をおく自分が好きらしく、モヤシいためを一本くわえて「これが山口瞳流だよなあ」と唸った。

そのあと倫敦屋へ行くと戸田さんは黒い蝶ネクタイをつけて、ダンディなマスターに戻っていた。壁に掛けてあるのは山口氏の揮毫で「宏明が三—五に泣く朧哉」。27年の歳月はあっというまに流れた。

それで私は「菊の香にまたくーと泣

く倫敦屋」と書きおくことにした。

（2011年12月7日）

近代五種

Q マスターはいつもピカピカのお顔できりっと背筋が伸びていらしゃいますが、何か健康法が御有りなのではないでしょうか。お有りでしたら健康維持法をお教えてください。

（見かけより老けて見える54歳）

A 私の健康維持近代五種

1、春夏秋冬、山の手入れ
2、初夏から晩夏の　浜辺の散歩、
3、早春から晩秋にかけて　小鳥たちとの交遊、渓流歩き。
4、昼風呂、昼寝
5、酒肴2品、ビールひと口、ジントニック1杯、シングルモルト・ウイスキー（エイジング・イン・ザ・バレル）1杯。

（2011年12月8日）

口下手解決法

Q 「口下手で人と話すのが苦手です」。というか自分の場合「人と話すのも会うのも嫌になってしまった」。だから当然会社に行くのも嫌になって閉じこもりっきりです。どうしたらよいでしょうか。

（29歳男子）

A　この手のタイプは、幼少の頃から「塾」だとか、手に合わない「習い事」に通わされていた、自己目的を持たずに育ってきたのに多い。つまり遊びや悪さやいたずら体験不足症候群。

この手を治すには、なんといっても遊びしかありません。それに関しては、私は日本のまぎれもないゴッドハンド・名医です。

遊びにいらしゃい。遊んであげます。(但し、授業料をたんまり持ってきてね。なにしろ遊び学は金がかかるからね)

遠くて倫敦屋酒場まで来れない方へまず、二駅か三駅離れた老舗の大繁盛大衆居酒屋に毎日通いなさい。

金に糸目をつけるなといっても、たかが大衆居酒屋だ、心配するな。

心配してるのは、あなたの病気だ。とじこもりだ。

ここで毎日飲んでみろ。

人々の会話に耳を傾けてみろ。

人々の生きざまをよく見てみろ。

すると世の中とは多かれ少なかれ、みんな手ごわいと感じていることが分かるだろう。

それでいいんだ。

そして、そこに訪れている人々と同じと、あなたは知る。

どんなときにも君のそばに、酒という強い味方が、酒場というなんら社会に貢献していないような罪悪と思っていたものが、ぴったり寄り添ってあることを知る。

この世に酒場がなかったら、第二次世界大戦以上の死者が出る。

酒場は人生の名医なんだ。

どうだい。わかったかい。

これで君はもうすっかり完治する。

（2011年12月8日）

山口瞳『草競馬流浪記』

たびたび、ほんブログに登場する山口瞳先生の『草競馬流浪記』の紹介

『草競馬流浪記』

著者　山口瞳
出版　新潮社

金沢競馬編
金沢競馬、アカシヤの雨
（前略）

ここで、倫敦屋の由来と言うか、僕との関係を説明しないといけない。

金沢ニューグランドホテルで、鎌倉アカデミア時代の友人である高田雄三が支配人をしていた。高田がつる家へ連れて行ってくれた。そこで飲んでいるとき、彼が言った。

「おい、気持ちの悪い酒場があるんだが、行ってみないか」

「気持ちの悪いのは厭だな」

「きみは気持ちが悪くなるだろうけ

れど、でも行ってみようよ」

片町のその店に行ってみたら、本当に気持ちが悪くなった。それが倫敦屋である。

倫敦屋の主人である戸田宏明さんは、僕の書くものの愛読者である。これが、ただの愛読者ではない。彼は僕の書くものを読んで、僕の行きつけの酒場を調べ上げた。銀座のボルドー、クール、新宿のいないいないばあ、など。そうして、部分的に、ある所はボルドー、ある所はクール、天井や壁はいないいないばあ、という酒場を造りあげてしまったのである。それだけではない。書棚があって、それがすべて僕の書物。さらに、高橋義孝先生、柳原良平、伊丹十三という友人たちの書物で埋めてしまった。これだけでも相当に気持ちが悪いじゃありませんか。店の案内状などは、僕の書物の帯広告を書く臥煙君の文体模写。これは、かなり癖のある七五調になっている。店内の貼紙は、僕の文体でもって命令口調。「いかなる理由があろうとも高歌放吟を許さず」と云った調子。

僕は気分が悪くなって、すぐ店を出た。

それから十年になる。

その倫敦屋へ行った。おそろしく混雑している。満席なんてものじゃない。聞けば開店十五周年で、オツマミ半額等のサービスが行われているせいだそうだが、このぶんでは普段の日でも繁盛しているのだろう。やっと三人分の席を見つけて潜り込んだが、四、五人が連れだってきて満席と見て帰るというのが何組もあった。そのうち外人を含む十人の客が来た。それで僕たちは失礼することにした。

突然行ったのだから、さあ、倫敦屋が驚いた。僕の顔を遠くからマジマジと見ている。僕の書き下ろし新作小説に、僕がやくざ者に殴られ顔を切られる場面がある。これはフィクションなのだけれど、その傷が残っていはしないかと思って見ていたというのである。しかし、それだけではないようだ。驚いて口がきけなくなったらしい。開店十五周年の日に、僕がひょっこり現れたのだから無理もない。

僕は、おそらく排他的であると思われる古都において、このような東京風の凝った酒場が繁盛すると思っていなかった。はっきり言えば存続を危ぶんでいた。それが意外に大繁昌するのを見て、俄然、良い気分にさせられてしまった。

（中略）

午前九時半、金沢ニューグランドホテルのロビーに、鶴来君、倫敦屋、僕等両名が集結した。

（中略）

倫敦屋は、開設三十五周年ということで第一レースから3―5だけを買い続けている。

第八レース、その記念レース。

人気のスパニッシュボールがゴール前足を失い、三番のシバフォスター、五番のハイデンクンがごちゃごちゃになって飛び込んできた。

「クーッ」

悲鳴とも叫びとも聞かれる音が部屋に流れた。

「3―5だあ、買ってない」

倫敦屋が身を捩った。泣いているようだ。

そこへ、ゴール前の写真を撮りに行っていた都鳥君が凄い勢いで駆けあがってきた。

「戸田さん、取ったでしょう」

都鳥君だけが、倫敦屋が3―5を買い続けているのを知っていたのである。

「私が悪かった。私がそばにいれば3―5を買いましたかって訊いたはずなんですが」

「クーッ。魔がさしたんです。どうして買わなかったのか自分でもわかりません」

顔面蒼白になっている。

「そういうことってありますよ、競馬では」

僕も慰め役に廻ったがそんな事ではおさまらない。倫敦屋の顔が引き攣っている。

配当の発表があった。

「3―5の組み合わせ、一万一千四百七十円」

「クーッ」

本当に泣きだした。

(中略)

倫敦屋の執念

四月二十五日、月曜日。第二回金沢

競馬、六日目。無風快晴。馬場状態良

倫敦屋は、この日、開店十五周年記念に因んで1―5の馬券を買い続けるという。

（中略）

「ところが困っているのです。第一レースにエアロファミリーが出ます。ファミリーは家族です。これが六番枠です。第三レースにエブリデーが出ます。エブリーは江分利満です。四番枠です。これ、買わないわけにいきません。4と6です。困ります」

（中略）

第六レース。四番枠のアメリカンナカヤマ、六番枠のニシノペルシアンが先行馬総崩れのなかを、グニャグニャとなだれ込んできて、一、二着。

電光掲示板は4―6で点滅する。

「取りました」

倫敦屋がまたしても顔を引き攣らせて言った。

「おいおい、これは単なる万馬券じゃないぜ」

アメリカンナカヤマは鋭い返し馬を見せて僕も押えたが、ニシノペルシアンの根拠がわからない。鶴来君と違って、倫敦屋は少しは競馬のわかる男である。

「本当かね、見せてくれないか」

彼、、本当に第六レース、組番4―6　10枚、主催石川県　という馬券を持っている。

「どういう根拠なんですか」

「ファミリーの6と江分利の4とを

組み合わせたんです」
こう言う馬券の買い方をする人を初めてみた。
配当　一万六千八百十円。
初日の超大穴馬券を別にすれば、最高の配当である。
前々日と前日よりも遥かに大きな拍手。抱擁、熱き握手。また拍手。
（後略）
これがブログ上に時々登場する名著『草競馬流浪記』金沢編のあらましである。
（２０１１年12月９日）

外国人に受けた料理

Q いろいろと幅広い交友がおありのマスターにお尋ねします。外国人に受ける料理を教えてください。
（40歳証券マン）

A 私も驚いたのだが、倫敦屋の設計、家具の輸入を手掛けてくれたピーター・ジョンソンが私が食べていた「とろろ飯」を食べたいというので進めたら、彼はいっぺんに大ファンになって、日本にやってくるたびにせがまれる。
彼にとっては日本食を代表する食べ

物は、鮨でも、すき焼きでも、天麩羅でもなくなった。

ただひたすら「とろろ飯」である。

彼は器用に息もつかずにスプーンで、4、5杯食べてしまう。

しかし、彼はいつも言う。

「もし、食べた後に口の周りがかゆくならなければ私は全世界で『とろろ』をフランチャイズ展開するのに」と。


（2011年12月10日）

風邪の対策

Q 師匠、風邪が流行ってきましたが、どんな対策をなされていますか。

（OLです）


A ちょくちょく風邪をひいたが、病気で苦しんだことなんて一度もなかった。

むしろ風邪はウエルカムであった。

病気には、当時めったなことでは食べられなかった桃やみかんの缶詰を、王様気取りで独り占めして食べられるという特典があった。

それに、日頃はめったなことでは決してつくってくれないのだが、母はミルクセーキをつくってくれた。

これはもう、絶品だった。まだ、日本の卵にも牛乳にも力があって、飲むといっぺんに風邪が治ってしまいそうなほど栄養が感じられた。

おろしたりんご、リンゴジュース、

母の手造りクッキー（温めた牛乳に浸して食べると体中がポカポカしてあったまった）、かぼちゃの味噌汁（かぼちゃが潰してあったなあ。あれは和風ポタージュだ）

今振り返ると母は妙にハイカラな事をしていたのに気付く。

これじゃ、治りたくなかったはずだ。玉子酒、香箱蟹の雑炊、香箱蟹のカレーライス。ああ、駄目だ駄目だ。風邪にかかりたくなってくる。病気は贅沢だったなあ。子供の僕にとっては。

その後遺症なのか対策はしていない。

（2011年12月10日）

男は何のために結婚するか

Q 男性はなんのために結婚するのですか。

（適齢期の女）

A 「ベッドと食事と家事のためにである」と、フランスの男性も、イタリアの男性も、スペインの男性も言っていた。

これは、私が言ったのではない、と断わりを言っておかないといけないところに、我が日本国の離婚率が増えてきた原因があるのではなかろうかと慎ましく考えています。

それに、ヨーロッパではこの順位は永遠に変わらないそうだが、日本では順位どころかベットも食事も家事も上がらず、反対に食事と家事のできる男性が増えてきている。ただし、ベッドは激変しているそうだ。

そこで、女性はなんのために結婚するか、である。

ある女性は言った。

「給料と奥様ランチと昼寝のため」だと。

そこをまず教えてくれや、質問の前に、

「あなたは何のために結婚したいのですか」

（2011年12月11日）

人生最大の失敗

Q 師匠　最近職場で失敗つづきで落ち込んでいます。マスターも人生において記憶に残る失敗がおありですか。

（女事務員）

A 人間は愚かである。

ある漁師町で一番という料理屋さんに入った。

さすがに、刺身の角はピーンと立っていてぷりぷりである。私はおもむろに卓上の醤油差しを取った。

この瞬間だ。

刺身だ。新鮮な刺身だ。漁師町一番の料理屋さんだ。この刺身を食べるために、私ははるばるこの地までやって来たのだ。いよいよその時は来た。漁師町まで来た感動が心にまで沁みわたって、生きていることの素晴らしさを実感できるのは。

私は大ぶりに切ったヒラメの切り身にちょいとワサビをつけて口にほりこんだ。

ああ、なんとしたことか。

生きている実感どころか、ウィスターソースの味が口中に広がった。

慌てて醤油に変えたが、大枚をはたいてたのんだ舟盛りは最後まで台無しになってしまった。

隣に掛けていた町の有力者が天麩羅にジャブジャブソースをかけて食べているのを見て私はすべてを納得した。この漁師町一番の料理屋さんはソースも置いてある店なのだ。それもかわいいハイカラなガラス瓶に入れてである。なにしろ、天麩羅に大根おろしも天つゆも出ない店なのだ。

それはそうだ。漁師さん達は毎日刺身なんか食べていて、飲みに出るとなったら脂っこい物を求めるのだ。確かに小魚の天麩羅は大酒を飲むのには捨てがたい。私はその町の人々のニーズを理解していなかった。

よそ者の私が悪いのだが、心に残る大失敗だった。

今も大胆に盛られ舟盛りが目の前に浮かんできて悔やまれる。

秘密

（２０１１年12月11日）

Q 先生　幸せとはどんなものですか。先生の人生で一番の幸せの絶頂とはどんな時でしたか。

（36歳女性）

A 話さない。

最高に幸せなこととは、誰にも話せないくらい大切なものです。

金持ちがどうやって金持ちになったかを明かさないように、手品師が種を明かさないように。

（２０１１年12月12日）

人生の目的とは

Q 師匠　生きる目的とは何ですか。働くことですか。

（23歳フリーター）

A 愉しむことです。

働くことも、プライベートも、学問も、昼も夜も、春も夏も秋も冬も、全てにおいてです。

（２０１１年12月12日）

父親の役割

Q 先生　来年早々父親になるものですが、父親とはどうふるまえばよいのでしょうか。また父親の役割とはどうすればよいのでしょうか。お教えください。

（29歳教師）

A オメデトウ。

父親の役割は、一家の大看板であるということであります。ですから何もふるまってはいけません。何もしないことです。家ではごろごろして、新聞か、テレビを見ているか、寝ていればよいのです。

唯、ここが大変に重要なことであります。

女房に

「父さんは立派な方です。大変に偉い方です。私はお父さんを尊敬しています」

と、子供たちの前でこれ見よがしに言いつづけさせる。

ただこれだけで幸福な家庭が出来ます。

幸福な家庭を造り上げるコツは、あなたがふるまうのではなく、奥さんがふるまえば簡単に出来ることです。

但し、そのことを女房に説得できればの話ですが……ね。

（2011年12月13日）

将来の夢

Q ブログで師匠が本を出版なされているのを知って早速『人情　安宅の関』を買い求め一気に読みました。

感動の巨編です。師匠の御指摘の通り富樫が腹切る覚悟で義経主従を見逃さなければこの物語は成り立ちません。その富樫左衛門のことが初めてよくわかりました。本当に感動致しました。高二の息子にも読ませたところ大変に感動したと、顔を合わすたびごとに話題にしています。

先生の次回作をおおいに期待しています。

さて、いろいろとマルチな生き方をなされていらしゃる師匠は、子供の頃何になりたいとお思いでしたか。お尋ねします。

(52歳会社役員)

A がっかりなされるといけませんので話したくないのですが、この際、真実をお話します。

僕が小学校の頃、将来絶対になりたいと思っていたものは

酒飲み　です。

(2011年12月13日)

撹拌技師道（バーテンダー）

Q 先日伺いました京都の４人連れ（和、洋食職人、バーテンダー）の者です。

師匠の仕事ぶりを拝見いたしまして、背筋が凍るほど感動致しました。バーテンダーの道も剣道、弓道、柔道、香道、茶道家と同じく『バーテン道』だと心底教えられました。有難うございました。

ところで、『バーテンダー道』とは一体何でしょうか。お教えください。

（27歳職人）

A 『道』とは、理想の追求である。

道なきところの岩盤を砕き、人間が初めて歩ける道を切り開いた人を元祖（または導師、師）という。

やがて弟子が砂利を引き、社会認知と社会貢献で道を広げる。

師につき道を理解し、心技を学ぶことを入門、または弟子入り、つまり見習うこと「見習い」という。

この関係を称して、師弟関係という。

これ日本の職人道なり。

やがて社会認知され舗装道路となり門人が増える。そして人間生活になくてはならない芯となり、糧となる。

となると、マーケットが増える。途端にマニュアル本が出版され、何の修行もいらず誰でもが唯高速道路を走り回る。しかしながら、いきなり高速道路を走っては危険だと、やたらに資格を習得し、権威を振りかざし、超スピードで走る素人衆が増えるものだから、世の中の秩序も味わいも感動も無くなってしまった。

その世界は、お金という力にすがりついた余人の姿である。

あくなき職人の追求があって初めて企業が、会社が生まれるのである。発明、発見がないところから企業は生まれない。

どんなに世の中が変わろうと、最初の一歩は『道』の志を持った人から始まるのです。

ところで『バーテンダー道』だが、ここで書けばたちまちマニュアルになってしまう。高速道路である。

だから書かない。

なぜならば、私はまだ岩盤を打ち砕いているところだから。

て、ことです。ハイ。

（２０１１年12月14日）

朝の顔、昼の顔、夜の顔

Q 何かゆらゆらとした、師匠のような生き方をしたいのですが、一日の在り方をお教えください。

（23歳男性）

A 季節によって変化しますが、基本路線を。

朝、6時に目を覚まします。

この事は、私が自発的に起きるのではなく、年齢が起こすのです。

かと言って、直ちに飛び起きるような行動に身を移すかといえば、そうではありません。一晩かかってとろりとろとろとあたためたベットの中で目を閉じたまま、思い出やら、空想やら、妄想、幻想の中で、やれないことをやってみたり、飛べないことを飛んでみたりを、ゆらゆらたまゆらのひと時を、右に左に寝がえりを打ちながら、ひたる。つかる。まどろむ。

大変に楽しい雲の掴める時間であります。

朝飯は日本食が理想であるが、私のポジションと日頃の行いがあって、そう、毎日理想の食事が待っているとは限らない。

身の不徳であります。

黄金色にきらきらきらめいている、大根とうす揚げの味噌汁を、

「嗚呼、美味しい」

と、唸って顔をあげると、開け放たれた障子を抜けて朝日が部屋全体を浮き上がらせる。

「さあ、今日もやるぞ」

と、満足の声が自然と口をついて出る。

こうゆうことは決してそうはありません、自慢じゃないが。

さて、さらさらと歯を磨き、引き締まった気持ちでパソコンに向かう。

頭を左右に振る。前後に振る。

出ない。出ない。光らない、閃かない。うんうん唸る。

もともとの原資がないのに出るわけでもなく、湧くわけでもない。

教養がない。学がない。素養がない。遊んでない。汗も血も涙も流したことがない。

文学が何か、音楽が何か、芸術が何か、女が何か、知らない。学んでない。経験が少ない。わからない。

「エィ」

投げる、うっちゃる。放り出す。

愛車、何年物かすっかり忘れてしまったセンチュリーの後ろに鍬と鎌を積む。

そうです。

男の原点は農業です。

種を蒔く時期と収穫期と天気をよむ。それ以外に一体何がいるというのか、男の人生にとって。

それ以外にいるものといえば、酒と燃え尽きるような荒々しい夜だ。

「収穫なんて不安定ではないか」

我慢することすなわち、男を磨く、だ。こちとら、社長様、会長様と頭を下げなくていい商売だ。男がそんなセコク生きてどうするの。

小ちゃくなるぜ。

なにしろ、お天道様と兄弟だ。お天道様と二人旅だ、気楽なもんだ。

のら仕事小一時間。草を踏み、花を愛で、小鳥の声を音楽の最善と知り、風の愛撫、陽ざしの抱擁に、うらうらと過ごすこと、これまた小一時間。
「アドゥマン（また、明日）」
とか何とか言って、愛車センチュリーを静かにすべらせて帰ってくる。
シャワー、もしくはサウナ。
フレッシュ・ジュース。
近くでランチ。
本屋をうろつき、コンビニに寄って、競馬新聞を買う。
パジャマに着替える。
本を開き、新聞を開く。
シエスタ（うとうとと2時間弱）
再び起床。
軽い晩食（一汁三菜。よくかんで食べること肝要なり）
熱めの風呂（日課のたわし摩擦、上がり際の身の凍るぐらいの冷水シャワー）
蝶ネクタイ。
キープ・スマイル。
さあ開店。
今宵はどなた様との引き合わせがあるのやら。
「いらしゃいませ。先ほどから、お待ち申しあげておりました」
刻《とき》、刻《とき》、刻《とき》。
神様から授かった天職。神様から授かった出逢い。神様から授かったお客様。
マスター、マスター、マスター。バーテンダー、バーテンダー、バーテンダー。
酒、酒、酒。夜、夜、夜。酔う、酔い、酔った。喜、喜、喜。
謝、謝、謝。

今日もよかった。有難かった。感謝申します。

夜食。

ジントニック、モルトウイスキー。

酔い、酔う、酔った。

パジャマに着替える。本を開く。本を閉じる。灯りを消す。

これまで生きた人生の一番好きなシーンを思い出す。煩わしいことを思い出さないために。

良かったことだけを子守唄とする。

なになに、良かったシーンを教えろと、

真に僭越ですが、それは私だけのものので秘密です。

兎さんが一匹、兎さんが二匹、兎さんが……むにゃむにゃ。

睡眠。

（2011年12月15日）

戦争とは

Q これだけ、メディアが発達したのに、これだけ文明が発達したのに、なぜ愚かにも人類は戦争をするのでしょうか。個人個人が携帯というメディアを持ったせいなのではありませんか。巨匠はなんとお考えですか。

戦争とは何ですか。お教えください。

（28歳商社マン）

A 世の中がどんなに変わろうが、戦争とは、大義に踊らされることである。

宗教だろうが、会社経営であろうが、運動であろうが、スポーツであろうが、人間を扇動するのは大義である。

御注意なされ。

但し、もし、あなたが何かをやりたいと望むなら、まず大義の確立からだね。

大義の。

（2011年12月16日）

おちんちん

Q しつもんします。

男の子は、立ったままさっとおちんちんをもっておしっこができるのに、なぜ女の子はおちんちんをもっておしっこができないのですか。おしえてください。

（しょうがく2年　みよ　8さい）


A おこたえします。

女の子は、じょうひんでれいぎ正しくて、ちゃんとおすわりをしておしっこをしますが、男の子は、らんぼうでせっかちで、あわてものがおおくて、ちゃんとおすわりをしておしっこをしないものだから、かみさまがバツとして、歩きにくい、走りにくい、あんなものをくっつけてしまったのですよ。

みよちゃんも、あんなへんてこなものをくっつけられないように、ちゃんとおすわりをしておしっこをしましょうね。

（2011年12月16日）

一年の総括は晦日にあり

Q マスター、今年も押し迫ってきましたが、一年を振り返って良かったこと、悪かったこと色々あったとお思いですが、マスターの一年はどうでしたか。

（ある青年　年齢不詳）

A 良かったこと。

一、あちこちで「先生、『人情　安宅の関』読まさせていただきました。心打たれました」と、声をかけていただいたこと。（出版して本当によかったと心から思う）

上海の酒場で隣り合わせたイギリス人グループの人から「ロンドンヤバーに行ったことがある。日本で№１のバーだ」と話しかけられた時（昔、シンガポールに行ったときにも、知ってる、とイギリス人に話しかけられて涙を流すほどうれしかったことを思い出した）

一、嵐山光三郎先生と北國新聞社『ぶらり旅』の取材で、「安宅の関」「橋立の蟹」編に同行させていただいたこと（世界中のカニとエビを食べることをライフワークにしてきたが、なんといって

も橋立の蟹は世界一だ。それも、山本屋。蟹なら山本屋で、山本屋が蟹だ）

一、赤、黄、だいだい、緑、緋、深緑、茶、炎のような紅葉と、その夜から霙《みぞれ》が降り出して冬に入った証かのように一面が白くなったちょうどその夜、秋と冬を肴《や》に御酒が飲れたこと（幾つかの贅沢がミキシングされてこの上ない幸せだった）

一、九段の山口瞳先生の行きつけの寿司屋『すし政』さんで、山口先生の席でお寿司を頂いたこと（トロ、ズケ、赤貝、穴子。泣いた、泣いた、ただ泣いた）

太田和彦さんの「バーのある町」に出演させていただいたこと（太田さんの飲みっぷりにも、バーに止まられた時の決まり方にも惚れ込んでいる。バーの匂いも、ダンディズムも、しゃれた会話も、まったく板についた見事なお方だ）

一、全日本囲炉裏研究会（通称「いろ研」）の理事会で宇出津『かね八』で飲ったこと。理事会といったって、会員、理事、全員合わせても、たったの6人しかいない。全員会長で全員が理事だ。

かといってもこれらメンバー全員偉いんだぜ。食べることと、飲むことにおいてはですが、男惚れするぐらい偉いんだ。多分、多分ですが日本一偉いと思う。

さて、我々が始めるにあたっては、「乾杯」とか申す儀礼的な味気ないものでなく、全員がグラスを高々と上げて、

「楽しもう」

と声高らかに唱和して、ゴックンと飲み干し開幕する。

飲《や》った。飲った。食った。食った。笑った。笑った。転がりまわった。良かった。良かった。良かったー。

悪かったこと

一、山口瞳先生の奥さまがお亡くなりになったこと（言葉では言い尽くせない悲しみであります）

一、お客様が震災でお亡くなりになったこと。

一、ヨーロッパの大寒波でスペインに行けなかったこと。

一、初漁、初水揚げのサンマが食べられなかったこと。

（2011年12月17日）

戸田宏明

Q 『人情　安宅の関』の作者名「戸田宏明」とは、執筆活動上のお名前ですか、実名でしょうか。

なんと読むのでしょうか。お教えください。

（作家希望者）

A まあ、なんというか。人様が申されるには「トダ　コウメイ」と発されておいでですが、くすぐったいような、落ち着かないような、誰なのか、まったく変な感じなんですが、なれるようにしています。

一応、権威のある名はないかと、ちょろっと考えてみないことはないではなかったが、人物が人物なものですから、とと様、はは様がお付けになった線で行こうということに落ち着きました。

それまでの経緯をのべますれば、名は人を表すと申しますので、いやいや色々高飛車なことを考えたものでした。

まず、

俗っぽいようですが、出所をよく見せようと貴族的に綾小路宏明、武者小路宏明、富小路宏明、西小路宏明、北大路宏明。

ああ、任じゃない。（編集者、直ちに却下）

西五辻宏明、西高辻宏明、西園寺宏明、徳大寺宏明、持明院宏明。

子爵、男爵、侯爵、伯爵、公爵、似合わない、似合わない。（編集者、一瞥もくれず、鼻にもかけず）

正親町宏明、冷泉宏明、一条宏明、西三条宏明。

この線のお育ちがない。すぐさまに人物が出てしまう。（編集者、これ以上関わりたくないと席を立つ）

戸田宏太郎。

これじゃ、三下奴《さんしたやっこ》の股旅《またたび》ものだ。（私自ら断）

その結果

「戸田宏明」

だ。

僕なんか、所詮大きく生きようといったって、学がない、家柄がない、育ちがない。「戸田宏明《とだひろあき》」でいきましょうと、版元（出版社）さんにも見抜かれて、「改名まかりならん」とのお達しの結果でございました、とさ。

これにて、一件落着と相成りました。

（2011年12月18日）

バーのある風景

バーがある　バーのある暮らし
男意生地の倫敦屋酒場
知らず知らずに足が向く
親子二代でやっている
倅も今や一人立ち

ゆっくり飲める時もある
たっぷり飲める時がある
ちょっと寄らずに帰れない
片町の路地裏の片隅に
今宵も人情酒場の灯がゆれる
（2011年12月19日）

ヤル気

Q 高2の男子です。進学校に行っているんですが、どうにもやる気が起きてきません。まわりは随分と熱が出てきて毎日そんな中にどっぷりとつかっているのに、塾で発破をかけられても、兄に尻を叩かれてもやる気が出てきません。どうしたらやる気が出るのでしょうか。

（高校2年男子）

A　私も学問でやる気が出た試しはない。

学校から解放されてからやっとやる気が出てきた。

とある深淵の沼に龍が住んでいるという。時が来るまでじっと力を蓄え、その時がきたら、風をよび、雲をよび、嵐をよんで、一気に天に向かって突き上がる。

男とは、天分を知り、天分を磨き、一気に駆け上がるものである。君も余計なことを心配するな。自分がやりたい天分を知れ。

やる気とは、人に言われて出るものじゃない。

天分と悟ったものがあった時、おのずからわき出るものである。

天分をどうやって見つけるかって……。

古人いわく

よく遊び、よく学び、よく遊べだ。

遊べるものが天分である。楽しくて仕方がないものが天分である。

なに、遊べが一つ多いって……。

当然じゃないか。ネットや教科書の中に公開されているものは誰でも知っているではないか、知ろうと思えば知ることが出来る公開されている知識だ。

楽しいこと、やりたいことが出来たら、嫌でも学問は必要になってくる。

ここであなたは、一生学習だという格言を思いしらされることとなる。

この時こそだ。

風をよび、雲をよび、嵐をよんでやる気を出す時だ。

わかったかね。

（２０１１年12月19日）

胸毛の男

Q 師匠　僕は体毛が濃くって悩んでいます。外人みたいに胸全体が胸毛でびっしり覆われています。子供のころは水泳が大好きでスイミングクラブに通っていたのですが、今は恥ずかしくてやめてしまいました。体育の時間になると、女の子の視線がランニングの胸部に集まって恥ずかしくてたまりません。脱毛クリニックに通って抜いてしまうべきでしょうか。お教えください。

（高校２年男子）

A 男です。

女の子ではないのです。女の子であれば胸が胸毛で覆われていたら、それは悩みなんてものじゃないでしょう。それに第一、ブラジャー・メーカーが破産してしまう。

西洋の御婦人方の間では、『男の財産は髭と、胸毛と、筋肉だ』と申されているくらい、効力のあるものなのです。

女の子の視線を浴びて恥ずかしいですって。

私なんかこの人生において、唯の一

回たりとも、女性の視線を浴びずに、西の遥か彼方に消え去っていこうとしている。胸毛のあるあなたが実にうらやましい。あなたは素晴らしい武器を持っている。

シャツのボタンを上から二つ以上を外して、大股で街を闊歩《かっぽ》すれば、私ぐらいの年齢になってもだね、視線は集まる有難いものなのです。イタリアの男性なんか、その辺の心得があって、頭部がテカテカになっても、ボタンを二つどころか三つも外して頑張っていらっしゃる。

脱毛クリニックですって、とんでもない。あなたは男性の財産を捨てることになります。

ただ、今からその財産に気がつくと、もう一方の成績が下がったという相談を受けないといけないようになってしまう恐れがある。胸毛を大事にしながら、学問も大事にしてくれや。

てなところなんですが、結論を申せば、高校2年のピュアーなあなたの胸毛に敬意を表しながら、脱毛することと断じて反対いたします。

（2011年12月20日）

酒肴

Q 加賀の友人から、日本酒を1本送ってもらいました。そこで早速始めたいのですが、加賀の酒に合う肴はなんでしょうか。マスターの家系は造り酒屋だとお聞きしていますが、是非、冬のこの時期のお薦めの酒肴をお教えください。

（54歳酔いどれ天使）

A

あれだ、これだとありますが、雪かみなりが唸るこの時期、ブリも蟹も旨くなるが、こと酒飲みを唸らすのは、能登灼崎《しゃくざき》沖でとれた寒鯖《かんさば》の生刺が一等だね。

よくぞこんな時に漁に出れるもんだ、というくらいの荒れた海であがった鯖だ。

一切れ口に入れると、身が切れるような海を生き抜くために貯えられた虹色をした油の味が、口の中で爆裂する。

ああ、と唸り声をあげる間もなく、穏やかに旨さの強烈な爆裂が遠くに消えていく。まとわりつきもなく、魚の匂いも残さず、ドーンと来てさっーと引いてゆく。

この清さがたまらない。魚の旨さの極致だ。

いいですか、日本人と生まれて、この灼崎の寒鯖を食べずに、食を語る人がいたらお目にかかりたい。

それくらいのものだ。

ああ、それから、世界一の鯖だから、多少調理人の腕が悪くても日本一の生〆はできるが、それでは私も灼鯖も許さない。

だから万が一、灼鯖が手に入ったとして、ここに正しい調理法を明記しておく。

まず、庖丁を研ぐ。精神を込めて研

ぐ。あんた、なにをいっても灼鯖だ。錆《さび》一つある包丁でも失礼である。

さて、さっと、水洗いをしたきれいこの上ないまな板の上に、そっと灼鯖を置いていただきたい。

どうですか。灼鯖の肌が錦秋の紅葉の森のように様々な色を放ち輝いているでしょう。

あなたはまわりに誰もいないのを確認すると、そっと唇を寄せたくなる衝動にかき立てられる。

それは問題ない。正しい衝動です。

私も美しいものにはかき立てられて衝動が抑えられないことがままあります。唇を寄せたくなる。なるなあ。

これ、これ、これ君、君ィ、長々と接吻していると魚が馴れる。いい加減に離れなさい。

ここでひと息に灼鯖を三枚に下ろす。これ、ひと息にといっただろう。そのなんだい。なよなよとした包丁捌きは。

しっかりやれよ。

ぱっと捌かれて、襦袢《じゅばん》をはらりと脱ぎ落とした途端に現れた身のなまめかしさ。

再び目は点になる。いやいや、いや、いやっと。

その両面に塩をあたる。

これこれ灼鯖だよ。そん所そこいらの塩じゃ、駄目だ駄目。

ここにゃ書かないが一等良いのを張りこんで欲しい。なにしろ灼鯖だ。

その一等良い塩を、赤鍋に入れてさらさらに炒っておく。

これをひとつまみ摘まむと、目の高さからさらさらとまんべんなく振っておく。

朝方降り始めた雪が、ふと気が付くと、あら、真っ白に、という線が最上である。

2時間ぐらいたったら、鯖を出し、流し水でその塩気をすすぎ落とす。クッキング・ペッパーに取って水気を取る。そして、今度はそれを米酢にくぐらせる。

米酢とは酢に砂糖だけを入れて溶かしたものです。

この中に、ここが肝心なのですが、2、3分、長くて3分30秒ぐらいくぐらせます。

取り出しましたら、毛抜きで小骨を取り、肩口から薄皮をむきます。


これをお刺身に切って器に盛り、吸い加減の三杯酢に生姜のしぼり汁を忍ばせたものをかけて召し上がる。

これが手順です。

間違っても自己流はよしてください。ものが灼鯖です。研究に研究の結果辿りついた灼鯖の正統な生ずしのつくりかたなのですから。

さあ、一口やってくださいよ。

おいおい、唸ってばかりいないでなんとか言えよ。

なになに、泣いているのかい。

ガツンと広がった灼鯖の旨味がひと暴れした後、なだらかなひき潮となって消え行きそうになったところで酒を迎える。

酒が力となって再び涼やかな旨味が

は2度3度と打ちよせる。
灼鯖のうまみと生姜の気高き香り、口を引き締める酢のすがすがしさ、キリっと辛口の酒。
共鳴、こだま、こだま、こだま。
今宵のお楽しみをあなただけにそっと。この一品。

（2011年12月21日）

森田芳光監督

大親友森田芳光監督

監督は僕より四つ下だったが、出合った時からすごくうまがあった。

毎晩一緒に遊ぼうといって、金沢に映画撮影を持ってきてくれた。そうやって「黒い家」の撮影が、金沢、富山で行われた。我々は毎日一緒で、俳優の方々や、スタッフの方々の宿泊所の交渉や、撮影場所のお願いなどに駆り出された。夜は毎晩「倫敦屋酒場」に来てもらったが、監督はまったくの下戸だった。

しかし、酒飲みの誰よりも酒飲みを演じ、それが上手だった。

「今日はあったかかったねぇ」

「きりっと強い一杯で汗を押さえられたら如何でしょうか」

「特別にシャープでキックのあるやつを頼むよ」

「ハイ、承知いたしました」

「降ってきましたか」

「先ほどから、ポツリポツリと」

「お客様、こんな晩ですよ。お酒が旨いのは」

「こんな晩はウヰスキーだ。それも、うーんとシェリー香の効いたやつを」

「承知いたしました。ちょうど監督さんのお生まれになった年のものが御座います」

「ほう、1950年ものが」

「今年の初めに手に入れまして、監督さんのお越しを今か今かとお待ち致しておりました」

「封切りですか」

「もちろんで御座います」

「それはうれしい。もちろんグラスを二つ。マスターと俺の」

もうだめだ。


鼻の奥が熱くなってきて画面がかすむ。

日常の何もかも全てが映像だった監督だから、自分の死の床も、葬儀のシーンも、もう本になってしまっていることだろう。映画ばっかりだったから。

しかし、監督、貴男《あなた》がいなくなったら、一体誰がメガホンを取るのだい。

名人がいなくなって、一体誰にとれっていうのかい、監督。

競馬でも、倫敦屋でも、出演させていただいた「武士の家計簿」でも、いつも僕にNGを出していた監督。

しかし、今度ばかりは僕の番だ。

「森田のバカ野郎、カット、カット、カット、NG、NG。撮り直し、撮り直し、撮り直しだ」

嘘、嘘だろう、新作の発表だろう。

逝くなんて。

発表なんだろう。発表なんだろう。

死ぬなんて。

（２０１１年12月22日）

女色

Q 師匠　どうやったら長生きできるのでしょうか。
（78歳有閑老人）

A 現役。

すべてにわたって現役。

誰だったか忘れたが、多分覚えているのだから高名な、歴史に残るような大人物だったと思うが、捻ってても振っても思い出せない。私の頭はもう現役ではない。いやこれは幼年の時からそうだから、わるいままに現役なのだろうか。

その高名な方は１０８歳の時、家臣から長寿の秘訣を尋ねられた。

その時彼は
「女色を慎むにあり」

とお答えになられた。

「なるほど承《うけたまわ》りました。それで幾歳から慎まれましたか」

と家臣は尋ねた。

その時彼は満面に笑みを浮かべて
「三日前を持って慎んだ」

と、平然と答えた。

待ってください。あなたは私より長命だ。教えてもらいたいのはこっちの方です。「やはり、女色を慎んでおいでなのですか」
お教えください。

（2011年12月23日）

文明とは

Q 師匠　文明とは何でしょうか。お教えください。

（43歳地方公務員）

A 文明とは、文化を破壊することである。
文明とは、精神の堕落である。
文明とは、快楽の追求である。
文明社会とは、究極のところ、欲望社会である。

（2011年12月23日）

裸で

Q 師匠　私の友人の健康法は、すっぽんぽんで寝ることであると、断言しています。
風邪ひとつ患わないし、実に快適に熟睡できるという。この事について師匠はどのようにお考えでしょうか。

（32歳一人寝の男）

A 理論的に合っている。
生物の中で、たぶんパンツをはいて寝るのは人間ぐらいじゃなかろうか。

それになにもはかずに寝たからといって、床に臥した、という話も生物学者の声として聞こえてこない。

実のところ、私も就寝パンツ無用論者である。

ほこほことあったかい。それに締め付けがないし、のびのびしてる。

第一、便利だし、いや、便利と言い切りたい。

ただし、男性に限る。

女性は最初《はな》からすっぽんぽんというのは、どうも慎ましやかでなくていけない。

それに、最初つけて寝るというのが、魅力を携えた女性の就寝の正統な在り方であります。

夜が華やかで楽しいということが、女性の一番大切な若さと美貌の健康法であることは、古来より美人列伝を紐解けば一目瞭然であります。

女性の下着とは、脱ぐものでなく、見せながら脱がせるものである、と推して知るべきである。

心せよ、女性諸君。

ただし、この健康法は若さの維持と、腰のくびれの維持が衰退すると、女性も自分自身で脱いで寝なくてはならなくなる。いや、脱がなくてよろしい。付けて寝てほしい。その方が健康的だ。

お願いしますよ。

すっぽんぽん健康法は良いのだが……。


（２０１１年12月24日）

二日酔い解消法

Q 忘年会が続いていて、あまり食欲がありません。それにひどい二日酔い状態も続いていています。どうしたらよいでしょうか。お教えください。

（会社役員、51歳）

A 朝、ぎりぎりいっぱいのお熱い風呂に入る。次に冷水をガンガン浴びる。適当なヌル風呂になったところでゆっくりと首までつかって、汗がふつふつと出てくるまであったまる。

涼やかなお茶漬け用のお茶碗を用意する。

あっさりと上手くもなし下手でもない染付のお茶碗を箱から出す。作家先生のものが一等よろしい。名人道具、こうゆうところにお足をかけることによって、まず気分が和らぐ。

続いて、本マグロの中トロを三切れ用意します。それをトントンと刃打ちして口当たりをよくしておきます。

茶碗に飯を盛ります。

飯は茶碗に半分目以下、さわさわと盛る。贅沢な美味しいものは少し盛る。景色が大切である。

名人上手のお茶碗に、白いご飯。

さて、日本人なら誰もが泣ける白いご飯の風景を楽しんだところで、用意した中トロを３切れ１枚ずつ平たく並べてご飯の上にのせる。

それに薄口醤油をチラチラっとかける。

三つ葉のきざんだのを鮪の横に忍ばせる。

中トロの赤、ご飯の白、三つ葉の緑、穏やかな肌触りのよい茶碗。

まず目から二日酔いを癒す。

これまったくの心得なり。

ここで並べた鮪の上から、徐々に、徐々に（余談ですが、私は徐々にという言葉が大好きです、この言葉から、ゆったりとした人間的な心の器の在り方、持ち方を学んだ。私がよく用います、ゆるゆる、と同意語であるのが嬉しい）熱湯を粉茶の茶漉しを通して注ぐ。

鮪のうわっ面《つら》が幾分白ずんで来る。

煎茶は上にのせた鮪がひたる程度に注ぐ。

さて、さて、
鮪を、京都市原の箸で静かにご飯の中に押し込むようにする。すると、やがて、鮪の脂肪がきらきらと浮いてくる。おろしたての山葵をひと箸摘まんで入れ、ゆっくりと混ぜる。

途端に、煎茶と、醤油と、三つ葉と、山葵と、鮪の味が震えだす。

鮪は半熟（ミデアムレアー）、半熟以上に熱しては美味が飛んでしまう。ここで口に流し込む。

決して、アホな蓋をして蒸らすようなことがあってはいけない。

さあ、どうだい。二日酔いはだいぶ治ってきたでしょう。

混ぜ合わせたところから、たまらない香りが揺らめいてくる。

ここで初めて、箸の先を、そうですね、許して1センチほどをさらさらと濡らして召し上がる。

嘘だと思ったらやってごらんなさい。スッカリ治っちゃいますから、嘘のように。

これが私の二日酔い解消法であります。

お分かり頂いたかとも存じますが、二日酔いを治すには、前日の酒代以上にお足が掛るのです。

頭が痛いことに。


（2011年12月24日）

クリスマス

Q 巨匠　イブだ、デートだ、ケーキだ、プレゼントだと、クリスマスって一体何ですか。

（25歳OL）

A クリスマスとは、口実です。
浮かれの口実にあおられて右往左往することです。幸福を演じる、幸福になれる、きっかけづくりの日です。

（2011年12月25日）

年賀状

Q 年賀状製作に入りました。毎年マスターの賀状を参考にさせていただいているのですが、去年のものがどうしても手元にありません。よろしければ公開していただけませんか。お願い致します。

（49歳会社経営）

A お役に立つやら立たぬやら。

謹賀新年
経済の叛乱を打ち破る　発想の情念の原動力は
恋と旅と読書と友人と、そして酒場だ
歳月と共に成熟する　文明と文化を日本人は今
価格で評価する国家にいそしんでいる。
酒さえも飲まずに、
酒場が人生の栄養源であることも知らずにだ
男意生地の
倫敦屋酒場
（2011年12月25日）

クリスマスの失敗

Q イブはフレンチレストランでした。
超豪華な雰囲気で、料理もきれいすぎて、どうして食べようかとか、ソースが口の周りにつかないかとか、なれないナイフ、フォークでこぼさないかとかで、緊張して疲れきってしまいました。それに最悪なのはトイレに行きたくなったのですが、それが席をはずす人もなく、とても言い出せる雰囲気ではなかったので我慢に我慢をしていたら急性膀胱炎状態になりました。

次へ行こう、と誘われましたが、断わって帰ってしまいました。それきり彼からは連絡がありません。

私もすっかり冷めてしまって、クリスマスの別れとなりました。

マスターが女性を誘われるとしたら、どんなシチュエーションをご用意なされるのですか。

（24歳ホームメイドアーチスト）

A 彼もフレンチレストランになれている感じではない。

二人ともが初めての店というのは、クリスマスという一大イベントの場としては重大な戦略ミスだね、彼の場合。

事をなす者の心得として、事前の準備で勝敗は決すと知るべしである。

私なら、なれた戦場に堂々と敵を誘い込む。

場所はどこが良いかって。

アシスト歴45年、キラーパスのヒロ、スルーパスのヒロ、センターリングのヒロと異名を取った、マスターのいる倫敦屋酒場を選ぶべきだったねェ。

（２０１１年12月26日）

強壮鉄人

Q 最近、性博士キンゼイ氏の本と、ジャック・ロレイン博士の本を読んで愕然《がくぜん》としました。

性のめざめが早く、初交年齢と結婚年齢が早い男性は、一般男性の16％に対し、62％と回数も、性交年齢も長いと書いてありました。こんな人生で大事なことをなぜ学校で教えてくれないのでしょうか。

この事に対して、是非、マスターにお聞きします　（57歳怒れる男性）

A 馬鹿もん。

俺に訊くな。私も怒れる男性側だ。16％だ。

ただ、人間の肉体は鍛えれば鍛えるほど逞しくなることを、オリンピックを見て知っていた。

知って行動しないことは、愚か者のすることだ。反省、反省、猛反省。われ、反省するも時すでに遅し。今や、日々、16％から、0％に近づきつつある。如何せん。

もし若いころに戻れたならば、一番先に学びたい学問です。

お互いに。

（2011年12月26日）

早く帰って私のもとに

Q 私の主人の帰宅はいつも御前様です。帰ってくるだけでもいい方だと友人に言われますが、早く帰ってくるようにするにはどうしたらよいでしょうか。お教えください。

（34歳主婦）

A 男が家に帰るのは料理である。

（2011年12月27日）

男をだめにするもの

Q 前に、男を奮い立たすものというマスターのブログを拝見して思わず膝を打ってしまいました。ところで、男をダメにするものは一体何でしょうか。

（40歳情報業）

A 禁止しては男をだめにするものつきあい、飲酒、帰宅時間、睡眠時間、旅。

（2011年12月27日）

女をだめにするもの

Q 男性のことはわかりましたが、女をダメにするものとは一体何ですか。
（38歳社長秘書）

A 女をダメにするものは老いである。
禁止してはいけないもの
化粧、外出、おしゃべり、買い物、ファッション、恋心。
（2011年12月27日）

今年一年

Q 今年一年振り返りますと、何から何まで大変な年でした。

来年はきっと良い年になってほしいものです。

言葉のミュージシャンであるマスター、来年に向かって何か励みになる言葉を貢いでもらえませんか。

（48歳スパーマーケット勤務）

A 人に痛みあり
されど痛みは人なり
何事もなしに進歩なし
年明ければ、気も明ける
これ新年に心する毎年の命題である

良い仕事

by　二枚舌
（2011年12月27日）

Q 私の上司は予算がないので良い仕事が出来ないとよくこぼしています。師匠　予算がないとよい仕事はできないものでしょうか。
（28歳システムエンジニアー）

A そういう人は予算があってもよい仕事が出来ない人である。
良い仕事とは、情熱と探究心と人間愛が切り開くものだから。
（2011年12月28日）

御用納め

Q 今日で今年一年の仕事が終わって御用納めとなります。
どの休暇前日よりもこの瞬間が一番好きです。
さて、御用納めにあたっての心の置き方、処し方というものはあるのでしょうか
（55歳公務員）

A 一年何事もなく無事仕事を全うできたことに感謝すべき日であります。
また、一年間の仕事の区切りを確認しておくという日でもあります。
職場、机の中、部屋の中を整理清め、新たなる年の平穏と好業績につながる

よう念じる心の日でもあります。

職場全員での清掃が終わり、全員心新たに上司の御用納めの挨拶を聞く。

この挨拶は、決して味わい深い挨拶でも、訓戒であってもいけない。ただただ、一年の労苦を労い感謝する挨拶で、短いをもって良とする。

挨拶後「御苦労さま」といって互いを労い、一課全体で一年の御苦労を労いに、居酒屋なんぞに繰り出す。

決して、豪勢であってはならぬ。しんみりとしんみりと仕事から遠ざかっていくという兼ね合いの酒だ。

それでいて、一本筋が通っている店がよかろう。ダイニングとか流行りの大型チェーン居酒屋の飲み放題は避けることはあっても受け入れることがあってはいけない。

かつては、御用納めは、武士の行事であったのだから、女子会と混同してもらっては困る。

この辺のタガがゆるむと、製造、研究の分野から、数字だけの金融事務方中心の会社になってしまって、発展が見込まれなくなってしまう。留意すべきである。

散会の後、極、極、親しい同僚とバーに流れ1、2杯の上等のウヰスキーでなだらかに一年の仕事を締めくくる。

コスプレやガールズバーやキャバクラを慎み、いくら一年の疲れがたまっていようとも、断じて深夜の美人マッサージを拒否し、決して無礼講の馬鹿騒ぎをしてはならない。

そちらの方は、もう一方の御用納めである。これが見事な正統な御用納めの姿であります。

如何かね。

（２０１１年12月28日）

就活

Q 就職活動中の女子大生です。

もしマスターが面接官でしたらどういった基準で採用なされますか。お教えくださいい。

（21歳女子大生）

A スリーサイズ。

（２０１１年12月29日）

年を取る

Q 職人です。

五十歳を迎え初めて独立したいと考えるようになりました。

マニュアル世代の単純規格若者と、仕事をするのが恥ずかしくなったからです。彼らはまあまあの仕事で満足して出来たといいますが、へにゃちょこなコンビニ的完成度で納得できません。

我々、老いたロートルは、技術を伝承していく義務があるような気がします。それには一段高くないと誰もが振り向いてついてきてくれません。強《し》いては日本のためにもなることだと思うのですが如何でしょうか。

（独立を考える50歳）

A あなたの志に頭《こうべ》が垂れる。あなたこそが今必要な日本人です。

あなたはご自分のことを諮らずもロートルとおしゃいましたが、会社を興しトップに立つということはまさに、

労働を離れ、指揮を取る

ということなのです。

つまり、あなたがおっしゃった「労を取る（ロートル）」こそが経営者ということであります。

いままでの経験と、ネットワークと、信頼を思う存分生かし頑張ってください。

注

思うという字は田の下に心と書きます。

幾らたくさん生産しようと思っていても、田を耕さないことには生産できません。

思うという文字には、行動せよという深い意味が含まれているのです。

いかに、人間という者は思い描くことはするが行動しないかということであります。

思うということは進んでないということです。

つまり思うということは、行動せよということです。

（2011年12月29日）

女子会

Q 女子会の途中に前々から思いを抱いていた女性からメールが入り、喜んで飛んで行ったところ、体よく支払いを強要されました。女たちは酒を飲むと気が大きくなって、目ぼしい男性にメールをかけ、酒の肴にした上に支払いも強要するという話は聞いていたのですが、自分がそうなるとは信じられませんでした。

マスターはこの事をどうお考えでしょうか。（27歳おぼこい会社員）

A お察しいたします。

わたしもその痛みを経験しているのでよくわかります。

張り切った女性4人から電話があって、ルンルン気分で出掛けて行った。彼女たちはすでに大変に出来上がっていて、僕は攻撃的に飲まされた。と、いっても悪い気はしない。いや、むしろお大臣気分だった。

いざ勘定という段になって、彼女たちは万札をテーブルの上に出して「あとは、戸田さんがケツを持って」と、言うものだから、僕は喜び勇んで、一番むっちーな良子さんのお尻をガバッと持った。

ケツを持ってというものだから。

その結果、その店の勘定は全部僕が持つはめになった。目のふちを青くして。

女子会はあの手この手であなたを狙っている。それは間違いのない事実だ。

（2011年12月29日）

早く、こいこいお正月

Q 師匠、童謡に「お正月」という歌があります。

歌詞に

お正月には　たこあげて

こまをまわして　遊びましょう

というくだりがありますが、男40歳、正月は何をして遊べばよいのでしょうか。

（40歳男）

A 酒とじっくり一日中向き合うという遊びがある。

男の正月だ。

男40歳、ちゃわちゃわスキーに行ったり、ゴルフに出掛けたり、デパートの初売りに出かけたり、ましてや、カルタやババ抜きなどは決してしない。

どーんと落ち着いた和服にて、酒に相対している。そうすることによって、妙に一家が落ち着く。

これが、一年にあたっての、一家の長たるものの役割である。

ライオンの雄のように、ね。

（2011年12月30日）

男性をよろこばす年賀状

Q　意中の男性がいます。年賀状でその気持ちを伝えたいのですが何か良い手はありませんか。

お教えください。

（24歳女性）

A　ちっちゃな真っ赤なハートの絵文字

（2011年12月30日）

主義（イズム）

Q　マスターは年齢的に判断して、学園紛争世代でないかと見受けられますが、文章その他の中に、強烈な主張とエネルギーが感じられて、さぞかし前線に立って奮闘しておいでだったのではないかと判断されますが、マスターはマルクシズム（マルクス主義）をどう感じておいでですか。

（23歳学生）

A　その世代である。

唯、学園紛争には参加したことがない。女との紛争で忙し過ぎたからだ。

して、私は何主義なのかと問われても。ダーウィニズム（進化論者的立場）

でも、クラシシズム（古典主義）でもソーシャリズム（社会主義）でもない。

そういえば、エロティィズム（性的な興奮）とかアメリカニズム（アメリカ風）とか、ブリティズム（イギリス的）とか、サディズム（サド伯爵的症状）とか、マゾヒズム（マゾッホ的症状）というのがあるが、私は全体的にリベラル（自由主義）だ。

一言で申せと言われれば、誠に申し訳ないが、ノーイズム。

なんにもない、なんにも突き詰めない、まったくの日和見《ひよりみ》主義だ。

（2011年12月30日）

女性を喜ばす年賀状

Q 男性を喜ばす年賀状という質問がありましたが、女性を喜ばす年賀状はどうしたらよいのでしょうか。
（24歳飛行機整備）

A 真っ赤なハートの絵文字の後に
〇〇です
を、つけた賀状
（2011年12月31日）

男性を喜ばす初詣ファッション

Q　長年付き合っている彼から初詣に誘われました。どんなファッションで出掛けたらよいのでしょうか。

（22歳ＩＴ産業勤務）

A　男性が初詣にあなたを誘ったということは、当然ながらしっとりとしたあなたの和服姿を妄想しているはずです。

新年一番、彼のハートを和服姿で鷲掴みしてください。

男はそれを待ってます。

（２０１１年12月31日）

涙の年

Q　マスターさま　日本も私も大変な一年でした。来年は是非良い年にしたいものです。

それにはどうしたらよいのでしょうか。

（54歳派遣社員）

A　年が明けたら、気も明けよ。

（２０１１年12月31日）

和服姿の女性

Q　師匠　お答えください。

初詣を彼女と約束しています。彼女

は和服で来ると言っています。僕は女性の和服姿に興奮するたちで、もし燃えあがったらどうしたらよいのでしょうか。

（20歳大学生）

A 私も若いころ彼女の和服姿に燃えあがり、どうにもこうにもならなくなって、着付け師だった彼女の母親を頼んだ。

お母さんが着付けをなさっている間、僕は傍らで正座をしていた。

最悪の気まずい元旦だった。

その失敗にもかかわらず、翌年、お母さんが着付け師をしていない彼女と初詣に行った。

彼女は長じゅばん姿で、振袖を両手に抱えて帰って行った。

家まで送って行ったが、彼女が車から降りた瞬間、アクセルを思いっきり踏み込んでその場をのがれた。

対策

僕の友人にその話をしたら用心深いのがいて、着付け師の免許を持っている彼女と付き合ったのがいた。

しかし、彼も苦労人でクリスマス前に彼女に振られ、彼のもくろみは水泡と消えた。

今のところ、正座の練習と、逃げのF1ドライバー並みのドライブテクニックを身につけることしか、思い浮かばんなあ。

ところで、私は着付けが出来ない。元旦早々私に助けを呼ばないでほしい。私は免許を持ってない。

（2011年12月31日）

カウント・ダウン営業

■倫敦屋酒場は本日恒例の第43回カウント・ダウン営業をいたしております。
特性　ホットラム、ホットワインでお待ち申しております。
倫敦屋酒場　主人　戸田宏明
若主人　岳仁
（2011年12月31日）

年賀状（ウェブ版）

師にもつかず
資格だけを羅列したがる
マニュアル重視の現代社会
一体　何が嬉しくて豊かなんだ
旨い酒も飲まずにだ

どうだい
もう一度　叩き上げの職人のいる
国づくりから始めようじゃないか

会社帰りの酒を旨くするために

男意生地の　倫敦屋酒場
主人　戸田宏明
若主人　岳仁
（2012年1月1日）

勧進帳（人情　安宅の関）

『人情　安宅の関』
戸田宏明著（倫敦屋のマスター）

ご存じ「勧進帳」の
富樫左衛門
いま初めて

事細やかに語られる
そのやさしさと
その度胸
ほのぼの晴れ晴れ
昔の味の時代小説
書き下ろし特別エッセイ収録

戸田宏明は「仁」に生きる男だ
嵐山光三郎

「人情　安宅の関」
戸田宏明著（倫敦屋のマスター）

通すな、弟義経を！　兄頼朝の厳命が、はるばる鎌倉から加賀に下った。この北陸の要衝を、破るか義経、抜くか弁慶……。彼らは、身分をいつわり身をやつし、奥州をめざしているという。関守・富樫は目を見ひらき、耳をそばだて息を凝らした――。烈風烈々、安宅の関！

是非　ご愛読くださいますようお願い奉り

「人情　安宅の関」の著者戸田宏明の新年のご挨拶を寿ぎます。

（2012年1月1日）

今年の夢

Q 師匠の今年の夢はなんですか。
（33歳グラフィック・デザイナー）

A 25年越しの夢があったが、ついに昨年達成した。

夢心地とは夢を実現しないとわかりえないものだと知った。現在も夢心地です。

今年の夢、となると、春夏秋冬少なく見積もって四つある。

春

私は渓流釣りが大好きである。

春のうららとした日、竿を片手に谷川を上流へ、上流へと岩を飛び越え、川を渡り、鳥の声を聞き、木々の緑に囲まれ、甘い風にキスされながら、釣り上がっていく時の楽しさはない。

昨日は正月元旦で店は休日だった。私は3階の自分の部屋の隅っこで、手取山系の2万分の1の地図を広げ、釣りの本を広げ、魚類図鑑を広げる。ラフロイング1972年、お気に入りのショットグラス、アン肝の粕漬け一切れ、セロリ、プロシュート・パロマ4年熟成を傍らにして。

そうやって、早春の渓流釣りを夢見る。

夏

私は真夏の海が大好きである。

磯浜がすきで一日中潜っていた。雲丹《うに》もサザエもアワビも牡蠣《かき》のしったかし貝も取れたてを随分と味わった。

年齢的にそれはかなわなくなってきたが、浮き輪かなんかにのって四六時中ゆらりゆらりと波に任せて浮かんでいたい。極々冷えたジンタァニックを片手に。

秋

錦秋の秋の茸狩り、ひなびた宿囲炉裏を囲んで酌み交わす酒

冬

一、アジアリゾート。

一、ふぐちり、炬燵、向かい酒

ささやかな夢です

（2012年1月2日）

大学は人間を救えるか

Q 師匠　友人みんなが正月も遊ばず、新年早々血相を変えて塾に通っていま

すが、大学を出ると何か良いことがあるのでしょうか。お教えください

（18歳優等生）

A 現代社会で出世する人間の数は、グローバル時代に入ってどんどん減ってきている。

世界企業になるか、つぶれるか、吸収されている。会社が減れば上に立てる人たちが減る、当然の理屈である。

まあ、その一部に入ったところでどうってこともないのに大学大学と執心している。どうせ胃を痛めるか、ストレスをためるか、脂肪をためるかであるのに。

確か、学校という言葉はラテン語で「ひまつぶし」から来ている。

人生を楽しみながら、仕事を楽しむ。仕事を楽しみながら人生を楽しむ。それを見つけるために学校がある、ひまつぶしをしながら。

少子化のこの時代、大学の門は広い。無理をするのは学びたいことがある大学に入る目的があってのことだ。

大学、あなたの人生をバラ色にするにはまったく関係ありません。大学はあなたの人生を救うことはできません。あなた自身です。

（2012年1月2日）

仕事始め

倫敦屋酒場は本日から営業を始めまし

た。

ご来店心よりお待ち申しております。

倫敦屋酒場　主人　　戸田宏明

若主人　　　岳仁

（2012年1月2日）

家族ゲーム

Q 新年早々、我が家の恥をさらすようですが、家族それぞれてんでんにテレビを見る者、部屋に閉じこもっている者、ゲームに夢中な者、酒を飲んでいる者、家じゅうおもちゃだらけにして騒いでいる者。まあ、正月で折角顔をそろえたというのに、核家族どころか、点家族。愛とか、絆とかにまったく縁のない新年になりました。

何か家族を取り戻す手段はないものでしょうか。

（61歳家長）

A 家族ゲームでしょうね。福笑い。

てんでそれぞれの顔写真を拡大して、目、口、鼻、眉、髪をバラバラにして、古典的な福笑いゲームに仕立てる。新年家族全員で笑いころげられるとしたらこれしかない。

お試しあれ

（2012年1月3日）

軟派のテクニック

Q 先生　初詣に出かけて、どえらい美人に会いました。一目惚れというのでしょうか。足がすくんで目が釘づけになってしまいました。ずーと後をつけていったがついに声すらもかけずに終わった。

先生　こんな時はどのように対応したら良いのでしょうか。お教えくださ い。

（18歳高校生）

A あなたは家や学校や部活で挨拶の大切さを学んだはずだ。

それなのにあなたはなぜ挨拶をしないんだ。そんな人にあったら、即座に取って返して、素知らぬ顔をして、「こんにちは」と言って挨拶をする。すると、人間の心理というものは面白いもので、相手の人もつられて挨拶を返す。

その時、

「久しぶりにお見かけしたけど、すごくきれいになりましたね。見違えました」

と、紳士的に話しかける。

相手の人は、見知らぬ人から話しかけられたのだから、怪訝な顔をされるが、憐れ人違いをなさったのだわ、と

「違います。人違いです」

とかなんとかいって、あなたを憐れむ。

「エッ、好子さんではないのですか」

「わたし、ひろみです。好子ではありません」

「わあ、大変失礼いたしました。しかし、ひろみさんは好子さんより数倍綺麗な人ですね」

まあ、きっかけはこんなところからでしょうか。

人は見知らぬ人からでも挨拶をされると、つい、つられて挨拶を返す。挨拶をし合うようになれば他人じゃない、という心理を行使する手もありなんだ、恋愛のきっかけとしてはね。

やがて、人はそれを巡り合わせであると肯定するようになる。

いいかい。

愛のきっかけは運命だと信じた時から始まるものなのだ。

わかったかい。　　　by　二枚舌

（2012年1月3日）

自堕落のすすめ

Q 師匠　新年明けましておめでとうございます。
私は今日から仕事です。実際のところ、暮れからこっち15日間ぐらいは呑みっぱなしの出っぱなしでした。ところが不思議なことに疲れることも、頭も胃もガンガンもキリキリもしませんでしたが、今日会社に出勤した途端に肩が重くなって疲労を感じてしまいました。仕事の面でいえば、オフィスオートメイションやパソコンやスマートフォンの発達で仕事は昔から比べたら大変に楽になったはずなのに、なぜかどんどん疲れるようになったように思います。どうしたらよいのでしょうか。

（48歳サラリーマン）

A

明けましておめでとうございます。

この新年、寄席番組とスポーツ選手が登場する番組、鮨屋さんとか調理人の登場する番組を見ていて気づいたのですが、みなさん一様に色艶がいい。ふくよかで味のある顔をしている。歌舞伎役者、落語家、鮨屋、料亭の親父みんな長生きで粋だ。どうやら、いつまでたっても、まだまだ上があると、上を見て技の追求を継続しているのがよいようだ。それに、飲み、食べ、遊びと身体のことを考えてないのがよいみたいに見える。

身体のことを考えたら、自堕落な生活が一番いいに決まっている。第一そのために働いているようなものだから。

『自堕落』私はそれ以上の健康法を知らない。

（２０１２年１月４日）

年金考

Q

「二枚舌」の大ファンです。毎日が

楽しみです。本年も頑張ってください。

さて、年金のことを考えると正月も家に閉じこもってばかりで楽しくありません。我々の時代はどうしたらよいのでしょうか。（48歳サラリーマン）

A 年金が老後を豊かにするのではなく、年金をもらう前が、人生を楽しめ一番豊かな時なのだ。

飲めない、食えない、見えない、歩けない。恋もできない、畑もできない、出掛けられない。

年金で人生は謳歌できない。

年金をもらう前が人生だ。


（2012年1月4日）

御神籤《おみくじ》

Q 新年明けましておめでとうございます。

今年もマスターのユニークな解答に期待しています。

さて、元日そうそう初詣に行って御神籤を引きましたところ、これが何と大吉でした。

マスターは初詣に行かれましたか。御神籤を引かれましたか。マスターの今年の運勢が知りたいものです。

よろしければ、御披露お願い致します。比較しながら一年を過ごしてみたいものですから。（20歳学生）

A 元日の朝、金沢尾山神社にお参りに出かけた。いやー例年にない凄い人出だった。

霊験あらたかさが全国に知れわたってきたのかもしれない。

私が引いた御神籤

かき曇る　空さえ晴れてさしのぼる
　日がけのどけき　我がこころかな

こころすなおにし　正しくいきれば
ますます運よろしく　何事もおもう
がままになるでしょう　欲をはなれ
て　人のためにつくしなさい
　大吉

願望　思い通りですが油断するな
待人　来る　早いでしょう
失物　出る　ひくい処
恋愛　相思相愛　二人で喜びなさい
　大吉
旅行　計画を十分にたてよ
商売　おそいが利あり
学門　安心して勉学せよ
相場　あせるな利あり
転居　いそぐがよし
出産　安産　産後も順調
病気　心を安らかに信神せよ
縁談　自慢して嫌われることあり慎め
　早く調う

と、誠に有難い御神託でした。

（2012年1月5日）

地上最強の精力剤

Q マスター　新年早々ですが宜しくお願い致します。

　1月2日は、物事の始まりの日だといって女房に迫られましたが、ここ5年ぐらいで自慢じゃないですが締めて20回がところが精いっぱいで、当然ながら女房の期待にこたえることはできませんでした。何か精力剤の凄いのはないものでしょうか。いやあちらだけでなく仕事も精力的にやりたいものですから。よろしくお願い致します。

（52歳勤め人）

A 私の場合
　忙しい時には疲れない。気合の入った日にも疲れない。充実しているときにも疲れない。好きなことをしているときには疲れない。熱中しているときにも疲れを感じない。元気である。

　このことからして、人間の体を分析すれば、忙しいは外的要因だから省くとして、

「気合が入る。充実がある。好きなことする。熱中する」

と、いうことが感じられなくなった時に、疲れを感じるように出来ているのではあるまいか。

　ここ5年間の20回を振り返ってみてください。

　気合が乗っていましたか。くっつい

て充実を感じましたか。嫌いなものは嫌いなものでそばに寄ってくることも嫌だったのではありませんか。そんな中で熱中できなかったのではありませんか。その、気持ちの治療が大切なんでしょうが、大変な問題で完全治癒した方を私はいまだかつて知りません。

ただ、あなたと違って、治したくないという方は多数知っていますが。

精力剤ですが、

昔、縁日の時、「強力マタンガ天狗錠」というのを売っていた。

ネイミングにつられてつい買ってしまったが、買った時の口上が奮っていたねぇ。

「おう、若いの。

この薬の販売は、二十歳代《はたちだい》の者には売っちゃいけないという、政府からのお達しがあるほど強力なものだ。それで、お前、年はいくつかい。へ～い、21歳かい。ぎりぎりだ。

よく見りゃ、兄い、男前だ。結構、マブな彼女でもいるんだろ。

そうだい、そうだい。そのいきだ。再建日本青年の力だ。頑張りな。

いいかい。使用にあたっては、このおじさんの話をよく聞きな。

おじさんが若い頃、この薬の製作にかかわって、効き目のほどを試す実験台になった。

天下国家のことを考えなきゃ、おいそれとは実験台になれないよ。

それくらい、おじさんの志は偉かったのだ。

こらこら若いの、それからお立会いの皆様よ。ここは拍手、拍手だよ。

偉い人、立派な人の、良いお話をお聞きになったら拍手する。これが日本人の美徳だよ。

拍手応援を忘れたら、決して偉い人間が生まれてこなくなる。

それじゃ日本はだめになる。

さあ、みんなでもう一度拍手、拍手。有難うよ、有難う。

おっと、いけないお話だ。

おじさんが若いみぎりに実験台になって、寝る前に飲んだ。

ところがその頃元気があって寝相が悪いときたもんだ。

朝方多分裏っ返かえしになって寝ていたのだろう、いきなりボーンと突き上げられて、箪笥の角に頭をぶつけて血を流し、病院に連れていかれて4針も縫った。

いいかい。それくらい効く代物だ。

くれぐれも言っとくよ、うつ伏せになって寝たら命の保証はしないよ。気をつけな。

私は18歳だったが、21歳と偽って二《ふた》袋《ふくろ》も買ってしまった。

彼女も恋人もいないのに。

私は、おじさんのように、天下国家のことを考え、清い良い気持ちでうつ伏せになって寝てみた。

男はやっぱ志だ。その気持ち、人後に劣ること微塵なし。

その結果、どうだったかって。

病院に担ぎ込まれるどころか、そよっともぴこっともしなかった。

最強の精力剤はお相手でしょうか。

結論は。


（2012年1月5日）

女心の謎

Q 新年明けましておめでとうございます。

正月休み中に先生の御本『人情 安宅の関』を読まさせていただきました。文章が美しく綺麗なのに仰天ました。ストーリーも大変面白く一気に読み上げました。それにしてもびっくりいたしました。尊敬いたします。

さて、正月中、他の読み残していた本を読もうとしていたら、女房が「本と私のどっちが大切なの」というわけのわからないことを言い出して大げんかになってしまいました。現在も口もきかない戦争状態です。

女って何なんでしょうか。お教えください。


（43歳サラリーマン）


A 主人を、本と比べられる宇宙人です。

理屈でもって、話し合える、対決できる相手ではありません。

宇宙人です。


（2012年1月6日）

世界遺産

Q　1月2日に、先生のお店を訪ねた洋画家の者です。
　あんな素敵な小説を書かれた方が、経営なされておいでの店はどんなお店なのか大変興味がありましてお訪ねしましたところ、あまりにも素晴らしいお店なのにびっくりいたしました。洋酒の世界の全てのロマンがぎっしりとつまった骨太のしっかりした、東京なんかでは絶対にお目にかかれない素晴らしいお店でした。日本にまだこんな一つの仕事に情熱を持った方がいたのかと感動致しました。

　そこで、お尋ねいたしたいのですが、先生の企業理念と申しますか、事業目的と言いますか、その辺りをお教え願えないものでしょうか。（68歳画家）

A　先の日にはご来店有難う存じます。情熱という話題で大変盛り上がったのを鮮明に覚えております。
　お教えこちらこそ、痛み入って御座います。ひとえにもふたえにも御礼申します。
　さて、お尋ねいただきました解答ですが、私どもの願いは、
　倫敦屋酒場が4百年、5百年、地域に愛されて存続していくことです。何代にもわたって継続できる仕事であってほしいと努力していくことです。自分の代には4百年、5百年先は見られ

ませんが、次の代がまたこの店を引き継いでやろうと思う、誇りのある仕事を続けていきたいと念じています。

真に高邁でありますが、お尋ねいただきましたのでお答えいたします。

私達倫敦屋酒場の経営理念とは
『利益を残さず文化を残す』
『店の利益はお客様である』

これが私たち倫敦屋のささやかな理念で戒めです。

経営的なことも何もわからず、真に僭越なことをお答えいたしてしまいましたこと、平にお許し願いとう存じます。

どうぞ、またの御来店、御昵懇重ねてお願い申します。

倫敦屋酒場亭主　戸田宏明
（2012年1月6日）

年賀状

Q 新年明けましておめでとうございます。

ここ5年、毎年倫敦屋酒場の年賀状を頂いているものです。今私の仕事場のデスクの上に頂いた5年間の分が飾られています。流石に師匠です。実に味わい深く一年の計にしております。二枚舌の中でも一部紹介されておいででしたが、まだ紹介されていないものを紹介していただけませんでしょうか。

（48歳広告業）

A 恥ずかしながら、それでは

謹賀新年

多感な青春を今も　がっちり胸に抱いて
幅三尺のカウンターの中から
時には無神経な世相を憂い
時には細やかな人情と　珠玉の愛情に涙する
酒飲みの名アシスト　男倫敦屋
皆様の恙無《つつがな》きことを心から願い
新年のお慶びを申し納めます。

倫敦屋酒場主人　　戸田宏明
若主人　　　　　　岳仁

謹賀新年

学歴　職業　地位、身分
宗教　政治　色気なし
性別　国籍　財産　イデオロギー
後家さん　やもめに　お家柄
一切合財関係なし
誰もがなごめる自由主義
あなたのみんなの　倫敦屋酒場
初春の御慶賀申します

倫敦屋酒場主人　　戸田宏明
若主人　　　　　　岳仁

謹賀新年

交差点を突きぬけて　左に曲がって

一、二分
片町通りを背《せな》にして
クルリ反転　覗きこんだら灯りが見
える
流れる演歌をかいくぐり
はやる気持ちを「ググッ」と押え
行《ゆ》けば店へと辿りつく
親父《マスター》　元気でやってるか
お内儀《ママ》の笑顔は変わらぬか
倅《せがれ》　後を継いでるか
重い扉を体で押せば　今年も変わら
ずやっている
初春を御慶賀申します。

倫敦屋酒場主人　戸田宏明
若主人　岳仁

謹賀新年
男意生地の倫敦屋酒場
親子四人、二代に渡ってやっている
今を去る三十年前
御城下内の酒飲み様に
やんややんやの御贔屓を頂戴した
アットホームな味わいと
心と心が結びつく　特別級の親密感
と
さらには
「酒は礼に始まり乱に終わる」
と　いう世情にやんわり背を向けて
こよなく酒をいつくしみ　正しく酒
に向き合った
筋金入りの正統派
昭和から平成と歳月をかけて
今まさに円熟期

明白の数多《あまた》の酒徒にして
「倫敦屋酒場がある限り　僕は今日を生き抜くぞ」
と、言わしめた　全国屈指の名洋酒バー
一度が二度と通わせる
二度が三度と通わせる
金沢の片町に　辰巳おろしの風を聞く盛り場の
一歩入った路地裏に
倫敦屋酒場　今年も灯りがついたやら

倫敦屋酒場主人　　戸田宏明
若主人　　岳仁

謹賀新年
弾けるような華やいだ仕事は
スッカリ二代目に譲ったけれど
55歳を数えてつくる
一杯の酒の背後に沈めた
珠玉の愛情とドライな心配り
そして　当節稀なる家族経営
この日本から　ひなびた匂いが消えていくなかにあって
男　倫敦屋酒場
初代から二代へと　味と技術とお客様が
ほのぼのやんわり伝承されていく。
これぞ、平成の家族の絆のテキストである

倫敦屋酒場主人　　戸田宏明

若主人　　岳仁

謹賀新年
一、二十歳になって
親父に倫敦屋酒場に連れて行かれた
一、三十代は
連れと彼女と後輩を連れていった
一、四十になって
初めて嫁を連れて行った。勿論傍ら
に倅がいた
一、五十代
見込みのある部下を連れていった
「良い酒のある良い酒場に通え」
親父に言われたことを噛みしめなが
ら
こっそり伝えた

一、六十に入って
「酒場《バー》のカウンターがお似合いにな
られます」と、マスターにいわれた。
近くのテーブルで、かっての部下が
「正統な酒場に通うことで男の値打
ちが上がる」
と、若い社員にレクチャーしていた
一、七十になって
向こうの方のテーブルで飲っていた
倅から
「お父様へ」
と、一杯の酒が届いた
一、八十になって
倫敦屋酒場が日課になった
用意された席に、いつもの酒、いつ
もの時間

倫敦屋酒場主人　戸田宏明
若主人　岳仁

おかげさまで懐かしく遡った。

ところが、途中から、42年の歳月がドドッと胸を埋め尽くして、もう先に進むことが出来なくなった。

この上ない皆様方の御贔屓に感謝申し上げます。

この続きはまた　いつの日にか
（2012年1月7日）

ああ、下着

Q 新年早々、不謹慎な質問で申し訳ありませんが、師匠、男性の下着をなぜ『さるまた』というのでしょうかお教えください。
（27歳ホテルマン）

A 正月はせめて女性の下着の話題であってほしい。男性の下着の質問ではめでたさが感じられないぜ。しかし、ホテルマンの君に答えよう。君のホテルでも良くあるんではないか。下着の忘れ物。

そこで、『さるまた』とは「去る股」、つまり、「どこにでもふらふらする股を押しとどめて置く」という意味合いからそう呼ばれるようになった。

または、ここは「さるお方の股」である。さるとは「然る」と書くが「かなり立派な」とか「それ相当の」のという意味である。

要約すれば「かなり身分の高い人の股でありますよ」という女性の所有権の主張から付けられたものである、と考えられる。なぜなら、昔は愛おしいお方の下着（越中ふんどし）は女性が丹精をこめてつくり送った。和歌や文《ふみ》も送ったが、下着をも送った。この辺りが「大和なでしこ」の奥ゆかしさであった。

あなたは女性から下着を送られたことはありますか、『然る股』という!!愛情表現の影に隠れた貞操帯を。

男性諸君

女性から下着を送られたからといって、これ、鼻の下を伸ばして、にやけてばかりではいけませんぞ。あなたは管理物件になってしまったということですから。

ご理解されましたか。『去る股』を。

失礼、『さるまた』を。

（2012年1月8日）

真冬なのにレースのミニスカート

Q 師匠　新年早々力の入った質問ですが、お答えよろしくお願い致します。

最近、この真冬だというのに、何やらペラペラしたレースのミニスカートが巷の若い婦女子の間で流行っていますが、一体どういうことなのでしょうか。

（十代若者）

A ごめん、テレビを見ていた。

コマーシャルタイムに入って君からの質問状を今やっと見た。

テレビではパチンコ屋さんのコマーシャルをやっていたが、

「脱ぎます　出します　取らせます」と、言ってるように私には聞こえていた。

どうやら、君の質問と相まって、聞き取りを間違え、勘違いをしたのかもしれない、正月疲れのせいで。

ああ、御免

「出ます、出します、取らせます」だ。

慎んで訂正致します。

何の質問だったけ、ああ、そうだった。

君ィ

泣く子と、おなごのすることは、私にも理解できません。

（2012年1月8日）

元日人事

Q 師匠　お聞きください。

非情極まるわが社の人事、噂には聞いていましたが年賀状人事、まさか自分に辞令が来るとは思ってもいませんでした。大概の場合はお目出度いお年玉人事でハッピーなケースが多いと聞いていたのですが、辞令書を開封して凍りついてしまいました。我が社では姥捨て山と言われている某所だったのです。

新年早々腹が立って腹が立って煮えくりかえっています。どうしたらよいのでしょうか。

（39歳サラリーマン）

A 会社に勤めた時から人事に対しての心づもりは必携である。

なにしろ、

「人事とは、ひと（他人）のこと（事）である」

と心得るべきである。

どんな偉い人でも、最前線を離れ大局を悟り、我が身を磨く。

あなたはその時を得た。

得たと取るべきでしょうね、偉い人になるなら。

草食系解決法

（2012年1月9日）

Q 師匠　僕は情けない話なんですが、草食系の男性です。好きな女性がいるのですが、どうしても告白することができません。どうしたらよいのでしょうか。お教えください。

（33歳独身男性）

A ベジタリアンは健康に良い。

なにしろ、なにしろ餌は逃げない。

行動する必要がないから失敗がない。

反対に肉食系は、餌を追いかけ回し、襲いかかっても、逃げられることもあって、食事にありつけないリスクがある。しかし、そこでへこたれたら食事にありつけない。そこに、肉食系の忍耐と努力がある。

今あなたは、食事（好きな子）にありつきたいと思っている。しかし、好きな女性は生き物である。追いかけ回わさなければ食事にありつけないぞ。

ただ、相手は生き物で逃げるものである。

あなたは生き物を相手にする肉食系にならねばならない。

でなければありつけない。

しかし、相手は1度や2度のアタックでは逃げる。そこであきらめたら、あなたは食事にありつけない。

さあ、頑張らなきゃ。

それに、1頭の獲物を逃したと思っても心配するな。

草原には幾らでも獲物はいるんだから。

まあ、熱心に頑張ってくれや。

（2012年1月9日）

本年度の施政方針

Q 私は先生のゆらりとした生き方に感銘いたしております。どうか本年度の先生の施政方針をお教えください。
どうか、宜しくお願い致します。

A 私は毎年自分の施政方針を立ててきた。
若い頃、躍進とか、飛躍とか、突進と元気な頃があった。
3年前は、柔和だった。一昨年前は、謙虚。そして昨年は遊興だった。
さて、おまたせいたしました。本年度の施政方針は
『自堕落』であります。
参考になるやらならぬやら。
（2012年1月10日）

モテル方法をお教えします

Q 先生、どうしたら女性にもてるようになれるでしょうか。お教えください。
（36歳独身）

A 一、人一倍働き　人一倍高収入者になる事
二、女性の集まるところに出かける事
三、話しかける事　叩け、叩け　されば門は開けられん
（ノックをしなければ、誰が来たともわからない）
四、ノックして、相手が出たら話す

話す、話す

五、ノックをして相手が出なかったら次の扉をノックする

(ローマは一日でならずである。どんな名人にも血の出るような修行時代があることを知れ)

六、アドレスを聞き出せ

(初期段階での目的は、アドレスを聞き出すことにある。アドレスを訊かなきゃ唯のお話で終わる)

七、アドレスを聞き出せた段階で、あなたは自信を持てる。

八、自身を持つ。すなわちモテルことである

そんなうまくいくかって。

そこだ。あなたに欠けているところは。自信、自信だよ。

(2012年1月10日)

結婚とは

Q お教えください。

結婚とは何でしょうか。(43歳主婦)

A 3年ぐらいの新婚愛の惰力で残りの人生を送ることである。

結婚の良し悪しは、結局のところあまり過激な負担が少なかったことに尽きる。

(2012年1月11日)

保守派

Q マスターは保守派ですか、革新派ですか。お尋ねします。(25歳大学院生)

A 保守派。

町が変わるのも、風景が変わることも、創作料理が台頭してくることも許せない保守派です。

さらに、頑として、味噌汁に焼き魚、大根おろし、海苔、浅漬け、卵巻の、日本の風習である朝食だけは変えたことがない。

この点においても、頑固一徹、純然たる保守派です。

ただ、フレッシュジュースを付け加えるようになったところが革新といえば革新ですがね。

(2012年1月11日)

とろける

Q 感動とは一体何でしょうか。(43歳教員)

A 魂が、蕩《とろ》けることである。うっとりすることである。

魂が蕩けることに出合わないことには、感動の芯の領域を知ったとは言えない。

私もそのことを最近になって知った。

そして、感動とは感謝することである、ということも知りました。

（２０１２年1月11日）

冬の正当な過ごし方

Q 寒い日が続きます。こんな寒い日の過ごし方をお教えください。

（60歳男性）

A 冬のゴージャスを一等楽しむ方法は、雪の露天風呂に尽きる。

極白の幽玄の世界に浸れる贅沢は一度味わうと、雪の時期が待ち遠しくなる。

その感性を持ちえた自分そのままの成長とも向き合う時間でもあるが、何よりもそこに熱燗を忍ばせてもらいたい。

されば、人生のほんのりと濃くのある味わいを知ることになろう。

雪の露天風呂の良さは自分自身が気づかないうちに心まであったまることにある。

北国の名もない温泉にお出かけになられることをお薦めします。

（２０１２年1月12日）

男心のつかみ方

Q 先生　世紀の二枚舌、お気に入りに入れて毎日読んでいます。人生経験の厚い先生の解答には、昨日今日の薄っぺらな味のない感じがまったくなく、思わず膝を叩いて「そのとおりです」と激賞してしまいます。毎日楽しませていただいております。

そして、今度は私もついに質問者になって、先生の解答を直《じか》にお聞きしたいと思い、お便りさせて頂いたわけです。

先生　先生のご経験からご覧になられて、どんな女性が、男性の心をつかむのでしょうか。お答えを宜しくお願い致します。（ＩＴ企業勤務女性）

A ご愛読ありがとうございます。

男の声としてお答えしますが、この答えを機に御愛読をお止めになさらないようお断り申しておきます。

ただし、男性の本根として包み隠さずお答えしたいと思います、外面的でなく。

ある種の男たちは、女の愚かしさに夢中になるものです。心配りであるとか、気働きであるとか、少女的であるとか、献身的であるとか、をゆったりとほのめかす可愛い色仕掛けにです。

注

（色仕掛けという言葉に品性が感じられないが、可愛い色仕掛けができる権利は女性だけが持つ特権であることを充分重視すべきであります）

なぜならば、私が色仕掛けをやったら品がないし気味が悪い。私といわず男性全員すべてにである。

色仕掛けは女性の特権である。行使する権利は当然ながら、あなたもお持ちです。

あ、そうそう、

大胆はいかんよ。そそとしてだ。取り違えないでほしい。娼婦と間違えられる。

但し、御結婚されていらしゃるのであれば話は別だ。

それも女の夜の愚かしさであって歓迎される時もある。

愛情のあるうちはね

（２０１２年１月12日）

生きる

Q 師匠　お教えください。

生きるとは何でしょうか。

（37歳生物研究員）

A 生きるとは時間である。

大切になさってください。

（２０１２年１月13日）

おっぱいとお尻

Q 巨匠は、女性のおっぱいとお尻のどちらが好きですか。

僕は悩んでいます。巨匠の意見によってどちらかに集中したフェチになるつもりです。宜しくお願い致します。

（26歳こもり）

A 私は常にワンセットとして扱ってきた。

好みの問題からいっても、視線の問題からいっても、たえず平等に扱ってきた。

なぜならば、偏食は身体に悪いと母に教わり、物事全てバランスで成り立っていると確信してきた。

その結果、私は、いまだかって女性の身体を分けて価値を計ったことがない。

それに、どちらか一つ取れというのも、私にはできっこない。

私には難問すぎる。

君の問に答えられなくて、許してもらいたい。

（2012年1月13日）

国際化すなわち…

Q 師匠、自分は会社員として28年間働いてきましたが、どうも日本の先どまりが現実のものとして目に入ってきました。私には子どもがいますが、これからの時代、子どもの教育をどうすればよいのでしょうか。現在の教育では、この日本で生きていくのでさえ大変になるでしょうから。

どうか師匠の意見をお教えください。

（49歳会社員）

A すでにパソコンの中に大学が入ってしまった。

同時に、企業技術研究革命、オフィス革命、工場革命、伝送、伝達、記録、収録、移動、物流等々の合理化、タイムカット、人員カットが大きく進みつつある。

つまり、時間軸が変わったのである。技術が変わると、生産時間が短縮され、量の生産時間が短縮される。物流、伝送、伝達、移動等々の時間も大幅に短縮された。その結果、商品自身の生命も短縮されている。

家庭内を見渡しても、炊事、洗濯、風呂、掃除、空調、すべてかかわる時間の短縮が技術革新によって進められてきた。

その結果、失われたものは家庭と人

間性と人生である。

唯、短縮されていないのが教育である。

6・3・3・4年制の体力、学力の成長に合わせた教育システムの短縮の必要性である。なぜならば、すでに受け入れ手の企業は人材雇用の短縮の時代に入っているからだ。一例をあげれば、会社に入ってから英語を覚えるそんな悠長な採用をやっている企業はいない。日本企業でありながらトップが外国人てのはもっともっとざらになるに違いない。

それと同時に、幼、小、中、高、大学は海外学習の時代に入ったのである。

ということは、日本商人の海外移住の時代にも入ったということです。

すでに、トップレベルの進学塾では、小、中、高の海外校受験者が4割に達している。

その子供たちは果たして、日本に帰ってくるかである。

人材が海外に流出しては、受け入れられる企業は果たして育つのであろうか。

企業だけではない、スポーツ、芸術、音楽、芝居、映画、料理、建築、医学等々全ての分野においてもすでに海外移住時代である。

さて、結論から申し上げれば、日本はまだ、日本食と、郷土料理と、魚料理と、山菜採りと、茸狩りと、渓流釣りと気働きと心配りと清潔の国という「売り」が残っているではありませんか。

安心、安全が飛んじゃっても、あなたも教育も変わらなくても、ジェット機の時代に荷車を曳いていようが、あなたの選択です。生き方です。

私はどうするかですって。年が年ですから、時々日本に帰ってくるようにしたいです。


（2012年1月14日）

教養は身を助ける

Q 師匠、遅まきながら「人情 安宅の関」を読まさせていただきました。感動の秀作であります。

次回作を期待して待っています。

師匠は、教養がお有りですが、教養は身を助けることがあるとお考えでしょうか。師匠は小説をお出しになって教養が身を助けるを実践なされましたが、如何でしょうか。（39歳研究員）

A 美濃三人衆の一人稲葉一徹は斎藤道三の死後、道三を死に追いやった倅義龍に嫌気をさして、織田信長に心を寄せていたが、ある時信長は一徹に逆心ありと判断して呼び寄せた。これはただの呼び出しではなく、信長が合図を出せば、襖一つへだてた隣の部屋に控える刺殺者たちが切り殺してしまうのだ。

家来の一人が一徹を部屋に案内致します。

ところが案内した者は事情を知っていますから、信長の合図が出るまでどうにも間が持てません。

やむ得ず
床の間に掛けてある軸の「句」に話題を持っていきます。

「私は無調法でなんと書いてあるのかわかりません。お教え願いたい」

と一徹に質問します。

軸には、こうしたためてあります。

『雲は秦嶺ニ横タワり　家何《いず》クニカ在ル　雪ハ藍関ヲ擁シテ馬前《すす》マズ』

こう、尋ねられた一徹は、まずこれは唐の詩人で、韓退之《かんたいし》の詞句であると教え、詩を朗々と口ずさんだ。

それから物静かに、この詩句が書かれた背景と意味を親切丁寧に講義した。

この一部始終を隣の部屋で聞いていた信長はすっかり感心して、これほどの教養のある武士を殺すのは惜しいといって一徹を許した。


如何ですか。教養が身を救うことも身を立てることもあるのです。

私ですか。教養は持ち合わせてないので、教養で身が助かったことはないが、子供の時分から足が速かったので助かったことは数限りなくあります。教養より逃げ足重点主義が私の生き方です、ハイ。


（２０１２年１月14日）

中国人脱獄

Q 中国人が脱走したそうですが、近隣の家に押し入り、ビールを飲み、逃走用の洋服、刃物を盗み逃走を続けていたが、逮捕時のコメントを聞き疑問が湧きました。犯人は
「腹が減って疲れた」
と言っていたが、家に押し入ってなぜ食料を確保しなかったのか不思議でなりません。マスターはおわかりですか。
（31歳警備員）

A これこれ、まるで私が脱獄経験があるような尋ね方はよしてくれ。

ただ、授業からのエスケープ経験者としてなら、これは相当の経験を積んでいる、自慢じゃないが。

そこで脱走経験者の私が推察するに、多分その家に中華鍋がなかったのだろう。

（２０１２年１月16日）

デートの思い出

Q マスター、今度彼女と洋食屋でデートすることになりました。僕は田舎育ちで洋食屋は初めてです。

心配でたまりません。アドバイスをお願い致します。

（高２男子）

A 中学の時、彼女の家に招待された。

彼女の家は君のいう、まさしく街の洋食屋さんで、僕は洋食なんてものはまったくの初めてだった。

行ったことも、入ったことも、見るのもまったくの初めてだった。行ったことのあるのはうどん屋ぐらい、それも家族に手をつながれてだ。

僕の時代はまだそんな時代だった。目の前にスパゲティーが出された。

僕は瞬間「良かった」と思った。なにしろ経験のあるうどんに似たものが出されたわけだから。

僕は胸を張って大きな声で

「七味唐辛子を頂戴」

と、言った。

結果はどうだったかって、

バカもん、人生はそんな甘いものじゃないんだ。七味唐辛子、七味唐辛子だよ、きみィ。

洋食屋のアドバイスは他の人に聞いてくれ。それ以来僕は、洋食屋の前を通ったことも、行ったこともないのだから。

（2012年1月15日）

デートの思い出 II

Q マスターもなかなかの苦労人ですね。七味唐辛子には笑いました。まだ御披露願えるデートの失敗談はおありでしょうか。お有りでしたら御披露お願い致します。今後の人生の支えに致しますので。

（21歳学生）

A　東京で腕を磨き、頭と体に盛んに刺激を与えていた頃、〇〇某お嬢様大の女性にデートに誘われた。

私は自分の奇跡を神に感謝した。雲の上の話だった。

私はなけなしの金を全部おろして、IVYルックで身を固め、待ち合わせ場所にさっそうと駆けつけた。

東京育ちの彼女は、僕を名曲喫茶に誘った。彼女は入り口でリクエスト・カードを2枚もらって僕にも1枚くれた。

「戸田さんの好きな曲を書いて、私も好きな曲を書くわ。お互いに好きな曲をプレゼントし合いましょう」

なんという素晴らしいアイデアだ。いやがうえにも盛り上がる。

僕はふわっとした甘い夢を見るような気持ちに浸った。

これが恋だ。これこそが恋だ。おお、恋よ恋。

彼女のリクエストは

「乙女の祈り」

だった。

マスターは、なんて曲を書いたかって。

変なことを聞くもんじゃない。それに、あなたに私の胸の中をかき回す権利はない。

そっとしておいてほしい。

あなたそんな事を聞くものだから、思い出してきたではないか。

ああ、思い出すのもいやだ。

僕は春日八郎の「別れの一本杉」と書いたのだ。

ああ、穴があったら入りたい。

なにしろ僕は田舎者でクラシック音楽というものがあることも、聞いたこともなかった。

「名曲喫茶、そんなもん知るか」

「クラッシック、そんなもんのどこがいいんじゃ」

お嬢様、
そりゃ、可愛かった。

その後二人はどうなったかって、
あなたにそんな事を聞く権利はありますか、怒るよ。

そっとしといてくれ、思い出したくも考えたくもないんだから。

これ以上は、本当にたのむよ。


（2012年1月16日）

国会議員の給与減額

Q マスター国会議員の給料減額についてどうお思いですか。それに加え議員報酬が年間2100万円という数字についてもどうお思いですか。

（53歳商店主）

A 国会議員の給料を国会議員が決めるという矛盾に、国会議員も気付いてないことの巧妙さがずるがしこい。

別機関も設けずという国に感謝しながら平和に住んでいますよ、全ての国民のみなさまと同じく。

て、とこでしょうか。

（2012年1月16日）

ホリデー

1月22日～1月27日の6日間

「世紀の二枚舌」

はホリデーのため休筆致します。

倫敦屋酒場は1月27日（金曜日）17時より営業いたします。

休日期間　1月22日～1月26日

出掛け先　ベトナム　ホーチミン市

連絡先　マジェスティック・ホテル

（開口健先生が絶賛されておいでになられる、マjジェステック・ホテル、スカイ・バーのマティニーをいただきに）

（2012年1月16日）

結婚の仕方

Q 結婚願望の35歳の女です。

マスターさま　どうすれば結婚できるのでしょうか。

人生経験豊富なマスターの御意見をお聞かせください。

（35歳女性）

A 突き上げる異性への衝動を促す。
結婚への強い決断を促す。
この2点が最重要ポイントだと思う。
つまり、現代は、男性の決断力をそそり出す出来ちゃった結婚の時代だ。
結論を申し上げれば、
衝動と決断力を促す覚悟さえあれば、あなたも結婚できる。

（2012年1月17日）

（注　こうゆう質問の場合、スリーサイズの明記と写真を同封すべし）

組閣

Q 今度の内閣の組閣に対してどうお考えですか。

（50歳工場経営）

A 強いリーダーの時代から、ノンリーダーの時代に変化してきた。
その観点から見て、その道のプロ（職人）が大臣の要職についていない。
つまり、選挙権を持った我々国民の愚かさが生み出した組閣である。
国民の民度が総理大臣も、大臣も、組閣もつくったのである。
恥ずべきは、国民一人一人我々だ。
そのように思えんこともない、と小声でいう私も、一小市民である。

（2012年1月17日）

中国人脱獄犯

Q 中国人の脱獄犯が何軒かの家に侵入したが捕まった時、「何も食べてない。腹が減った」と、こぼしていましたが、なぜ食べ物を盗まなかったのでしょうか。

不思議です。マスターの見解をお尋ねします。

（32歳建築設計者）

A 前にもこの件でお尋ねがあった。

その時は「侵入した家に中華鍋がなかったから」と答えておいた。

その解答を知ってさらに質問されたと判断して、

それは、

ＩＨの使い方がわからなかったからというのは如何かね。

（２０１２年１月17日）

長生きの方法

Q 学識豊かなマスターにお尋ねいたします。

人類永遠のテーマ『不老長寿』についてです。

（59歳長寿希望者）

A 『史記』の「列伝」の中で管仲《かんちゅう》はこう説いている。

「之《これ》をほしいままにせんのみ」

説明するまでもないことですが、自分の思った通りに生きればよい、ということです。

それで、歴史に残る英雄君主を見てみますと、戦でなくなった以外は実に長命なのに気付くわけです。

それはそうでしょう、好き勝手やって楽しんでいれば、病魔も近づけない。それに「英雄色を好む」とありますが、「老いに打ち勝つには好色にあり」と説いているのです。

これが、解答でありますが、すでに紀元前600年の頃にご質問頂きました答えは結論付けられていました。

本を読むということは、歴史に学ぶということです。歴史を知るということは歴史に残る人に学ぶということです。

ならば、我々も学ばなければいけません。学んだということのたった一つの証は変わるということです。

「自分のやりたいことをやれ」ということでしょうか、解答は。

また、そういう生き方が出来れば、たとえ1年、10年、15年短い人生であっても、長生きしたといえる。

それに引きかえ、思った通りに生きられないのであれば、それは苦痛の人生であって長生きしたとはいえない。

制約を受けた施設の中での長命は、決して人間としての長生きのカウントには入らないと思う。

『不老長寿』、すなわち、思うがままに生きる、であります。


（2012年1月18日）

公務員の給料

Q 公務員は給料も高く、休日もしっかり多いのはなぜですか。（大学女子）

A 公務員をたくさん増やして、ギリシャを目指しているかな。

（2012年1月18日）

宝物

Q マスターの一番大切なものは何ですか。僕は命だと思いますが。（18歳高校生）

A 正解です。一番大切なものは、命です。まったく大正解です。

で、私の一番大切なものですが、「髪は宝だ」ですか……ね。

（2012年1月18日）

ぽちゃりが最高

Q マスターは、ムッチー好き、と聞きましたが、ムッチーの良い点を述べてください。（21歳女性）

A 肥沃な大地には　安心が感じられる。

豊かな丘には　甘い希望がある。

穏やかな森には　やさしい抱擁がある。

と、まあ、思いつくままに書いてみましたが、結局のところ、ふくよかな健康な女性を求めるのは、良い子孫を残したいという雄の本能でなかろうか。

雄の本能をくすぐる際立ったものをセクシーと呼ぶのではなかろうか。

現在まで、そのセクシーに翻弄されてきた私が言うのだから間違いはない。

『ムッチーとは翻弄である』

ムッチーの良い点を列挙したら枚挙にいとまがないが、一言で申し上げれば
『やせてがりがりの女性に食欲がわく本能は、雄の遺伝子に組み込まれてはいない』

に尽きる、個人的な意見だが。

ところであなたはどっちだったのかい。失礼があったら臥してお詫びいたします。


（2012年1月19日）

私はムッチー

Q 先生、先にお尋ねしたものです。私はムッチーです。

因みに、身長166センチメートル、スリーサイズ86、66、88です。

先生のお答えで自信が持てました。頑張ります。（先の質問者　女性）

A お見事です。

（2012年1月19日）

平和とは一体何だ

Q 師匠、平和とは一体何でしょうか。お教えください。

（23歳大学院生）

A 一翻《イーファン》である。私の知る限り。

（2012年1月19日）

テレビ・コマーシャル

Q 人間は何でもにランクをつけるのが好きですが、洒脱なマスターがこれはと思われたテレビ・コマーシャルを三つ挙げてください。

（48歳プロデューサー）

A 「美しい日本　日本のクラウン」

これほど日本のエグゼクティブを奮い立たせたコマーシャルは後にも先にも知らない。

みんながクラウンに乗るために働いた。

いわば　日本経済を牽引した貢献度ではナンバー1でしょうね。
「男盛りの　クラウン」の、追い打ちも効いた。
テレビ・コマーシャルではないが、いつも胸を打ったのは、我が師「山口瞳先生」のお書きになられた
1月15日成人の日に毎年、全国紙に記載されたサントリー・オールドの一面広告で
『新成人諸君』だ。

大人の世界

山口瞳

二十歳が近づくにつれて子供たちは寡黙になってくる。

親を無視して自室に閉じこもり、あるいは押し黙ったままでいる。

成人式を迎えた紳士淑女諸君　それじゃ駄目だ。

今日から諸君は、両親、つまり大人達の世界に仲間入りするんだ。

仲間とは何か。本心を打ち明けられる相手ということだ。

紳士淑女諸君　まず、朝起きて、父と母に顔を合わせたら、
大きな声で「お早うございますと」と言い給え。

(親なんてものはそれだけで安心する)

社交界は挨拶から始る。会話のない社交界なんてものは存在しない。両親に向かって、ハッキリと自分の意見が言えること、仲間を信頼すること、酒を飲むことのできる資格とはそれだと

僕は固く信じて疑わない。

人生仮免許

山口瞳

二十歳の諸君　今日から酒が飲めるようになったと思ったら大間違いだ。諸君は、今日から酒を飲むことについて勉強する資格を得ただけなのだ。仮免許なのだ。

最初に、陰気な酒飲みになるなと言っておく。酒は心の憂さを払うなんて、とんでもない話だ。悩みがあれば、自分で克服せよ。悲しき酒になるな。

次に、酒を飲むことは分を知ることだと思いなさい。そうすれば、失敗がない。

第三に、酒の上の約束を守れと言いたい。諸君は、いつでも試されているのだ。

ところで、かく言う私自身であるが、実は、いまだに、仮免許がとれないのだ。諸君　この人生、大変なんだ。

この、新聞広告を成人式の日に読んだ新成人の人たちは、朗かに人生の王道を歩まれてきたに違いない。

そのことを、多くの山口瞳ファンに会って、私は確信している。

広告の世界って一言にいってもらっても困る。

これらの広告文を読まれたらわかろうというものだ。

山口瞳のいた世界だぜ。

CMで、胸を打ったのは、ご存知アンクル・トリスだね。

造船場の一日の仕事が終わり、労働者姿のアンクルが、タイムレコーダを押して、家路を急ぐ。
今日一日「無事に勤めた」ということは「待つべき人が待っている」ということは

ここでのアンクルは、なぜかまじめな工場労働者、しかも新婚ほやほやである。

畳、箪笥、冷蔵庫、みんな新しいということは

奥さんに浴衣に着せかえてもらって、夕刊を広げ、トリスを飲む。

いつものトリスがいつもうまいということは
ああ、それだけでそれだけで

トリスを飲みいい気分でごろりと横になる。
寝息を立て始めたアンクルに、奥さんがやさしく布団をかけ、電灯を消す。
カメラはすっーと引いて、粗末なアンクル家の全景がほのぼのと浮かびあがる。

ああ、それだけで、それだけで。

いかがでしょうか。日本のちっぽけだけど幸福なマイホーム主義像が、やんわりと、トリスというウヰスキーが触媒となって、この上ない豊かさがほんのりと感じられるという趣向である。

どうですか。深いでしょう。

何も書かぬが華でしょう。味わってください。

（2012年1月20日）

日本の味探訪

Q 師匠、最近は世知がない世の中になってきていますが、日本の国の良いところはどこですか。（51歳会社経営）

A これをなくしたら日本はなくなる。

鰻屋、寿司屋、天麩羅屋、焼き鳥屋、板前割烹、とんかつ屋、蕎麦屋、酒亭、居酒屋、大衆酒場、支那蕎麦屋、すっぽん、すき焼き、旅館、リゾート・ホテル、朝飯、鮎料理、蟹料理、田舎料理、炉端焼き

ああ、こんなの書き出したら日本から離れられなくなる。明日から、ホーチミン市『マジェスティック・ホテル』だというのに。

（2012年1月21日）

我が師

Q 先生の生き方に感銘いたしておりま

す。

ところで先生が門を叩いた師匠はどなたですか。

（21歳学生）

A 人生を極めんとするには、師を持つことにある。

私が先生とお呼びしている人生の師匠はお二方です。

普段、先生とお呼びするのとは違った仰ぎ見る、師の影を踏まずといった、崇高なる尊敬の気持ちで、すべてを学びたいとひれ伏したくなる感じが、今話している私の師匠感である。

では。

一人は『二枚舌』にも登場頂く山口瞳先生です。山口瞳先生の文章をお読みになった方なら、誰しもが、断然、師として門を叩きたくなる。そのあたりの気持ちは理解いただけるはずである。そしてどなたからも羨ましがられる。それは、どんな大会社の大社長さんでも、代議士さんにでもだ。それに、先生という幾多の仕事についておいでになられる方々からも、私も山口瞳先生の文学から救いあげていただいた、私も師として御尊敬申し上げている、とよく言われた。

それはそうだ。男として人生を学ぶとしたら、断じて他に師匠は見当たらない。

なにしろ、山口先生の先生が高橋義孝先生で、高橋先生の先生が内田百閒先生で、内田百閒先生の先生が夏目漱石先生である。わたしはまたこの系脈にいかれているのである。

わたしは熱烈なファンで果報者である。皆さんをしても、山口先生の本を一冊読んでいただいたら、本を読み終わった瞬間から、山口瞳先生を「先生」と呼ばれるはずだ。
○○は良かった、という作家の方は沢山いられる。しかし、師匠の門をたたきたくなる作家の先生は、いかにも少ない。
先生と呼べるのは山口瞳先生だけだ。私はこの人生で、山口瞳先生に合わせていただいたことを毎日感謝している。

もう一人の師は、木村与三男先生だ。

先生は私の酒の道の師匠である。

新聞の記者だった先生は、日本で初めてのカラー写真入り『カクテル全書』を東京オリンピックを目指して出版なされた。1冊が3800円だった。当時の初任給が1万8000円くらいの時にだ。

高かった。

まだ学生だった19歳の僕は、清水の舞台から飛び降りる気持ちでこの本を買った。

1冊目はばらばらになってどうにかなった。現在使っているものは2冊目だがこれも心もとない。

今までに数々のカクテルブックを手にしてきたが、今までこれほど素晴らしいカクテルブックを見たことはない。

断言する。世界一だ。

私が、この道を進みたいと父に言った時、

「日本一になりたかったら、日本一の師匠につけ。どんな道も師匠によって決まる。先生はいるのか。日本一の師匠の元で修業するのであれば許す」

と言った。

私は父に『カクテル全書』を見せた。

父は、

「一晩わしに貸せ」

といって本を持って部屋に入った。

3日後、父は私に九谷の有名作家の花瓶をくれて、

「どんなことがあっても弟子にしてもらえ」

といって、僕を送り出してくれた。

僕は先生の一挙手一投足、話しぶり、もてなし、服屋、靴屋、ワイシャツ屋、何もかもすべて見習った。

そりゃ、ダンディな方で、

「バーテンダーという仕事は、他の仕事と違って一人前になるにはお金がかかる仕事や」

といって、映画、演劇、歌舞伎、相撲、美術館、骨董屋、個展、昼飯は、鮨屋、天麩羅、鰻屋、料理屋にお伴する。

お金がかかる仕事だといっておきながら、私はビタ一文出したことがなかった。払うのはみんな先生だった。

私の経験は木村先生の御薫陶があってのものだ。

「僕の『カクテル全書』には、360のカクテルが載っている。1日にひとつつくる。すると10年でやっと全部のカクテルを作ったことになる。3順目した時が一人前になった時だ。経験

だ。味わったことも作ったこともないものはお出しするな。非礼なことだ」

僕は52歳の時やっと3順目を果たした。

先生のお言葉は全く正しかった。一人のバーテンダーをつくるには時間がかかるのだ。

しかし、僕はその3順目を果たした年齢になって、バーテンダーとしてようやくスタートラインに立てたと実感した。

それは、バーテンダーという仕事は、一人前になるまでにお金がかかる仕事なんだ、とわかった瞬間でもあったからだ。

先生は、関西版の『11PM』の中でカクテルをお作りになられておいでだったから、有名人のお客様も多く、そんな方々から

「職人の仕事は、若い時は大変だけど、徐々に徐々に歳を重ねると、仕事のありがたさがわかってくる素晴らしい仕事や、辛抱しなさい」

と、お励ましのチップを頂いた。

先生にチップの話をすると、

「本を買いなさい。バーテンダーが頂いたチップのお礼が出来るのは本を読むことだ」

とチップの使い道を教えていただいた。

私は、今でも自分の書架を見ると

「バーテンダーがお客様にお礼出来ることは本を読むことだ」

とおしゃられた先生のお言葉が響き渡ってくる。

私がよかったと胸を張って言えることは、日本一の師匠につけたことである。

親父の一言があってのことだ。

父も含め、両先生には感謝しています。

（2012年1月21日）

御礼

6日間の休筆、皆様方におかれましてはその間も、ちらりほらりと「二枚舌」をお覗き遊ばれ、小生有難涙にくれております。これより益々「二枚舌」に磨きをかけましてあい努めますれば、隅から隅までズイ、ズズーイと御贔屓のほど、よろしくお願い奉りまーす。
世紀の二枚舌　戸田宏明
（2012年1月28日）

ホーチミンの夜

1月22日は、ベトナムでは日本でいう大晦日の晩だった。

マジェスティック・ホテルに、迎えの車は横付けしてくれるはずだったが、すざまじい人の波と、信じられないバイクの数が行く手を拒んだ。カウントダウン花火大会がホテルの目の前の対岸で打ち上げられるとあって、押すな押すなである。

テト（正月）と知った世界の旅人が、

1925年創業の気品あふれる東洋のクラシック・ホテル『マジェスティック』に予約していて、ロビーに一足入れると一瞬の緊張が身を引き締めた。

なにしろ、正月が過ぎるとホテルは取り壊され、2015年には超近代的なホテルに生まれ変わる。

それを惜しむオールドファンも多く、上質なしっとりとした空気が外の喧騒と対比していて、いかにも感傷的である。

チェックインを済ますとまず、ロビー脇のホテルを訪れた名だたる著名人の写真が飾られた部屋に案内を乞う。

まず、開口健先生に挨拶をすることが最優先事項である。

私が挨拶をする姿を見て、老練な物腰の案内人が、にっこり笑顔を向けて親指を立てた。

親指と人差し指で輪をつくり飲む仕草をすると
「マチィーニ」

といって、片目をつむった。

嬉しくなった私は彼の手を握った。もちろん、シェクハンドの中にチップを挟んでです。

旅装を解くと、予約しておいた『ブリーズ・スカイ・バー』にいく。

「ドライ・マチィーニ　プリーズ」

「イエス　サー」

私も出るところに出れば、サーである。

ドライ・マチィーニにホーチミンのまばゆい光が映る。

憧れのマジェスティック・ホテル『ブリーズ・スカイ・バー』のマチィーニである。

スリー・オリーブの一つを口に挟んで噛みしめる。上質のオリーブの油がやんわりと口に広がる。

酒飲みは、このオリーブの油が胃を守ってくれると信じている。いや、それを口実に何杯でも飲んでやろうという魂胆なのだが、計らんかなを超越したやんわりである。

スリーオリーブということは、三口でやれ、ということである。

グゲッと煽る。

風である。サイゴン川を渡った心地の良い風である。お湿りもない、蒸れもない、濡れもない、夏の木陰で昼寝をしているときに、時折忘れていたかのように通り過ぎていくあの風だ。光を取りこんだ風だ。

2個目のオリーブを口に挟む。

28、9歳だろうか。完熟なのだが張りがある。いや、28、9歳じゃこの味は出ない、結構なお味です。

そこです。

世界を旅し、マチィーニで、喉と、舌と、喉チンコを鍛えてきて、初めてわかり得る張りなんだ。張りと弾みをころがしていると、塩漬オリーブのかすかな塩分が口の中に満ちてきて、全てを洗い流して去っていった。雑の一点も無く、核と、芯だけを残して。

絶妙の切れだ。

そして、噛みしめたオリーブの枯れ

た甘さが酒を呼ぶ。

煽る。

ホーチミンの夜景、風、星、強烈、左フック。

おう、あなただ。

諸君に紹介しよう。ベルモット男爵です。（男爵とは、私がヴェルモットにつけている尊敬の気持ちの表れです）

指揮者のあなたがなくてはマチィーニは話にならない。

コモスシャンベリ産。

鷲掴みにするはずだ。マエストロ（名手）中のマエストロだ。マチィーニを「風」と呼ぶなら、指揮者のベルモットは「霧」だ。その霧が全てをまとめ込む役割を果たすと思った瞬間、霧は嘘のように晴れ渡って視界が一気に広がる。その視界の彼方に広がるのは、言わずと知れたアラスカの極白の氷山の世界だ。ホーチミン・シティーにいるはずなのだが、氷山が塊となって身体の中を走る。

無言、無言。そして、無言。

言葉を無くした絶賛である。

3個目のオリーブを転がす。

はるか遠くで塩気の隊商たちの陽炎が揺れる。

ゲラントかな。

噛む、前歯で噛む。奥歯で噛む。

噛む位置で味が変わる。舌全体にオリーブの静かな気品が広がる。

マチィーニを煽る。

ビィーフィター47%、ロンドン・ドライジン。

流石にロンドン塔の衛兵の名が付けられただけのことはある、名士たちの飲むジンだ。

「議会のない日はどうしてお過ごしになっておられますか、閣下」

「野暮なことを聞くものではない。議会のない日も、ある日も、わしの過ごし方は決まっておる。マチィーニを片手にしている、それが私の過ごし方だ」

「ところで閣下、あなたを虜にしている基酒のジンは何でございますか」

「君は作戦を先に漏らすそんな大将に命を預けられるかね。ましてや、人生最高の楽しみであるマチィーニの基酒であるジンをわしがそうやすやすと話すとでも思っているのかい。そんな愚かなことを私はしない。なぜなら話すと自分の飲む分が減ってしまうからじゃ。私は作戦を明かさない」

私は幾多のマチィーニの格言を知っている。

私は酒の話は書かないと何度も書いてきた。手品師は種を公開したら喰いぱぐれてしまう。バーテンダーである私は今まで当然のように書かなかった。修業の裏付けのないマニュアルで作った薄っぺらなカクテルもどきに当節はヤンヤヤンヤと大騒ぎをしているが、書けばヤンヤヤンヤの情報になって、薄っぺらなものになってしまうからだ。

職人は一日にしてならずであります。

それが今回禁を解き書いてしまった。

開口先生も書かなかった禁を破ってマティーニを。

テトのせいだ。

正月気分のせいなのだ。

昭和41年の「エスカイア」。現在廃刊になってしまったアメリカの男性情報誌。「プレイボーイ」より高尚でステージの高い本だった。

その本の中に、世界七大コロニアル・ホテルが出ていた。

その時は、ホテルの特集ではなくバーの特集であったが、図らずも、十大コロニアル・ホテルと世界七大ホテルバーが一致した。私は「エスカイア」を読んで世界の十大コロニアル・ホテルと七大ホテルバーを回った。

中には3度も行ったバーがあるが「エスカイア」にはマジェスティック・ホテル・ブリーズ・スカイ・バーは入っていなかった。

しかし、マティーニでは私が飲んだマティーニの中でも記憶に残る一杯である。

その、マジェスティックも取り壊されてしまう。

「大変美味しかった。もう一杯頼むよ」

私はコスターの横に100000VED（約400円）のチップを置いた。

「承知いたしました。しかし、本当のマティーニの飲み方をされた方を久しぶりに拝見いたしました」

「お褒めいただいて有難う。あなたの腕ですよ」

と、自分の右手で左の腕を叩きながら言った。

2杯目が運ばれて来た時、小ちゃなバッチャン焼きの小皿にオリーブが数個入ったのが出てきた。

2杯目は5口ぐらいでやれということか。

私位の年齢であろうか、この道でしつけられた、背筋のしっかり伸びたバーテンダーの目線が、心憎く微笑んでいる。

「良い心配りです。ところで、3杯目にはオリーブは幾つついてくるのですか」

と、尋ねると、

「お好みをおしゃって下さい」

と、待ってましたとばかりに笑顔でいった。

その道で鍛え上げられた老練な仕事人の笑顔は素敵だ。それだけで酒が旨くなる。

「野暮な質問ですが、ビジネスですか、観光ですか」

「ノー、ノー、テトだ。私の目的は、ホーチミンのテトとマジェスティックとマチィーニだ」

「エンジョイ・マジェスティック」

「御機嫌を有難う」

しばらくして、その老練なバーテンダーは私の前に時計を置いた。

0時5分前だった。

「モエシャンドン・ブリュート。勿論グラスは二つだ」

私は言った。

「私もですか」

「もうすぐ、テトだ。いいじゃないか」

もの凄い数の花火が上がった。

しかも、マジェスティック・ホテル対岸の目の前で上げてるから、それはそれはすごい。本当わずか30分位で日本の花火大会の一晩を上げてしまうのだからすざまじい。

「マチィーニを」

「オリーブは……」

「もとの3個に戻してくれ」

昔、シンガポールのラッフルズ・ホテルのライターズ・バーでマチィーニを飲んだ時もそうだった。

今は取り壊されて、ニューラッフルズ・ホテルに生まれ変わってしまった。

小じんまりした、マホガニ造りの落ち着いたバーだったが、十数年後、倅が行った時にはなくなっていた。

ラッフルズのライターズ・バーも世界の巨匠達が止まったバーだが、基酒はビィーフィター47度だった。

今回、二代目の倅はこられなかったが、バーはなくなってもマチィーニだけはマジェスティックに飲みに行け、と、
それだけはいっておこう
（2012年1月28日）

ホーチミンの夜 II

Q 師匠　お帰りなさい。

マティーニが書かれた文書でこれほどのものを読んだことがありません。さすが日本一のバーテンダーです。マティーニの飲み方、味わい方についても初めて知りました。絶妙の解説です。飲みたくなって、飲みたくなって早速、近くのバーに飛び込んだのですが、若いアンちゃんがかき混ぜた『魔低ー煮』で一口すすって店を飛び出ました。世界のマティーニを飲み歩かれていられる師匠の本物のマティーニを頂きに倫敦屋酒場を訪ねたいと思います。

ところで、ホーチミンで他の酒場にはいかれなかったのですか。

あの文章を突きつけられて、マジェスティック・ホテルが改築すると知って行かないわけにはいけません。そこで、ホーチミンのお薦めのお店を何軒かお教えください。

（39歳ビジネスマン）

A あなたと趣味趣向が合わないかもしれないが、

ホテル・カラベルのサイゴン・サイゴン・バー

シェリダンス・アイリッシュ・ハウス（私の店と一緒で直輸入のギネスが置いてある。この店は、私の店の工事をしてくれたダンツに聞いて知っていた。ホーチミンも世界から人々が集まる国際都市になった証だ。ギネス、アイリッシュ・パブが出来たということは、まさしくその証明であるのだ。

日本は偽物が多いが、やはりアイリッシュが紹介するだけのことはあって、ギネスが旨い）

この2店はパブリック・ハウスです。世界を歩く大人がくつろぐ場所です。

パーク・ハイアット・ホテル1F
メインバー。ここは近代的でメタリックで私の趣味じゃないが、となりのパーク・ラウンジは落ち着いて飲める。

前にも書いたことがあるかもしれないが、私の旅の目的は、世界中のマチィーニとギムレットとホワイトレディを飲み歩くことにある、目と舌と喉チンコを鍛えるためにです。

まあ、職業病でしょうか。研究心なのでしょうか。はたまた、ただの酒飲みなのでしょうか。

その結論は明かさない。

最初に飲み物を書いたが、食べ歩くのも私の仕事である。

食事のテーマも決まっている。

世界中のソースのかかっていないステーキと、海老と、蟹を食べて歩くことであります。

ことステーキは、ソースのかかった奴とか、ソースの敷いた奴とか、上にへんてこなものを乗せた奴とかは絶対に食べない。

あくまでも肉の味を食べる。

第一、あんな変てこなものをかけたり、敷いたり、上に乗せたりしちゃ、肉汁とワインがマリアージュするのに邪魔になって仕方がない。

こっちとらプロなんだから、そんな女子供の手を出すような代物には手を出さないという、戒律を持っている。

そこで御紹介のお店ですが、

海老蟹とくれば「シクロ」だね。マジェスティック・ホテル　1F。それとパーク・ハイアット・ホテル2F「スクエア・ワン」にとどめをさす。

街でも食べた。路地でも食べた。屋台でも食べた。

その結果の結論だ。

肉は噂にたがわなかった。いや、噂のレベルをはるかに超えていた。

そうです。もちろん、マジェスティック・ホテル、メイン・レストラン「セレナーデ」だ。

Tボーン・ステーキ１４００グラム。

いや、いや、いや、堪能しました。

翌日、３００グラム、ヒレ肉のステーキ。

恐れ入りました。

３日目

再び、Tボーン・ステーキ１２００グラム以上か。

結果的に、

秋篠宮殿下のお掛けになられた席に案内され、舞いあがったのかもしれないが、アンドリュー英国王子もこのお席でしたと聞いて、ドンコイのストリートでアナン事務総長御用達の

khaisilkで買ったネクタイを締めていったのは正解だった。

セレナーデはネクタイ着用のこと。と、まあ、こんな具合でしたね。ホーチミンの夜は。

そしてお薦めは。

押して知るべしであります。

それぞれにそれぞれのホーチミンの夜を、であります。

エンジョイ　ホーチミン・シティー
2015年にマジェスティック・ホテルは大変身する。今度の旅の目的の全てがマジェスティック・ホテルだった。

なくなると聞いて私は慌ててしまった。今年はマドリッドのリッツ・ホテルに行こうとしていた。当然計画を変更した。なにしろ、マドリッドのリッツ・ホテルには一度食事に行ったことがあるから当然のことだ。

それに、ベトナムのテト（正月）に合わせ、世界のセレブがマジェスティック・ホテルで最後のテトを過ごすために集まるとも知った。フウャウエルの気分が盛り上がっているとも聞いた。

さあ、それを知ったから大変だ。

僕は夏物のスーツを探したがお腹が出たのかフイットしない。

世界のセレブたちに負けないように、ピシッとしなくてはいけない。僕の心境といえばオリンピックの代表選手のような気持ちになっていた。

僕はユニクロと、モリワンに走ったがなかった。それで設備投資はかなりかかった。セレブに対抗するには仕方がない。

いやいや、お腹のせいで、予期せぬ設備投資を余儀なくされてしまった。日本がこの経済状態の時に真に痛い。

しかし、御蔭で、僕は世界のセレブ達と肩を並べて、何ら臆することもなく、マティーニも食事も堪能できた。

あちらから僕をどう見ていたか知らないが、ですよ。

ただし、アナン事務総長御用達のネクタイだけは、セレブだったことに間違いはない。

僕はそれだけは胸を張って言える。

5日目の夜20時30分。

僕は、開口先生のお写真の前で、「サヨウナラ先生、マティーニ、グッドでした」

と、別れの挨拶をしてマジェスティック・ホテルを後にした。

大混雑のバイクの渦の中にゆっくりゆっくりと車は吸いこまれていった。

カム　オーン　マジェスティック・ホテル　タム　ヴィエット（有難う　マジェスティック・ホテル　さようなら）

（2012年1月29日）

合コン成功術

Q　師匠　お帰りなさい。

世紀の二枚舌の大ファンです。師匠の6日間の休筆は、僕にとってはとても待ち焦がれた長い6日間でした。

ホーチミンの夜Ⅰ、Ⅱ、とても胸を打ち、興味をそそられる実にすばらしい師匠ならではの、読みごたえのある報告になっています。流石、我が師匠です。

ところで、私は無口な性格で、合コンに誘われても、ただ黙って酒を飲んでいるだけでうまく話すことができません。それで彼女が出来た試しがありません。特にかわいい子がいるとかえって緊張して無口になってしまいます。こんな僕に合コン成功術をお教えください。

（21歳神奈川学生）

A

目力《めぢから》です。

口に勝つものは目です。

先人は言った。「目は口ほどにものを言う」と。

ならば、好みの女性がいたら、じっと見つめつづける。これほどの意思表示はない。

唯、決める時は決めなくてはいけない。

機を見て、自分の携帯のアドレスを表示した携帯を彼女に渡す。そして、この時が肝心だが、じっと見つめていた目をゆっくりつむる。

これだけでよい。これだけで、気の効いた女性なら全てを判断して、コールしてくるはずだ。

アドレスを知ったら、すかさずその場を離れメールを打て。

「今度、二人だけで」

唯それだけだ。無口な男の合コン攻

略術は。
グットラック
（2012年1月30日）

お帰りなさい

Q お帰りなさい。
寂しい、長い6日間でした。（愛読者）

A ただいま。
この6日間御迷惑をかけました。
どうか、これからも、今まで以上に親密に「世紀の二枚舌」を、可愛がって下さい。
世紀の二枚舌　戸田宏明
（2012年1月30日）

マティーニ

Q マジェスティック・ホテル　ブリーズ・スカイ・バーのマティーニ、名文です。

マティーニを書いたものの中では、サマーセット・モームやキングスレー・エイミス以上の最高傑作だと思います。しかも、バーテンダーであるマスターがお書きになられたものであるから、やはり、他の追随を許さない味わい深い真味が感じられて感動致しました。

手品師が種を明かさないように、バーテンダーは酒の話を書かない、と書かれてありましたが、是非酒に関することもお書きください。楽しみにしています。

ところで、絶対に私の方が先に逝くと思っていたのに女房に先立たれました。今は何も手につかない状態です。そこに、今は印刷バブル時代です。なぜか追い打ちを掛けられたような気がしてなりません。

良い考え方はないものでしょうか。

（印刷会社代表）

A

マティーニです。

第一に　酒場に行ける。

第二に　バーテンダー（私が説く、バテンダーは心の名医）という主治医に会える。

第三に　旨い。

第四に　愉快になる。

第五に　嫌なことを忘れる。

第六　友人が出来る。

第七番目　夕方が待ち遠しくなる。

私の師匠、山口瞳先生がこう書いておいでです。

「もし、酒を薬だと考えるならば、こんないい薬はない」と。

（２０１２年１月30日）

告白

Q

中学3年の男子です。

卒業式が近づいてきてどうにも落ち着きません。それは好きな女の子がいるのですが、彼女は女子高へ進学します。僕は進学校へと進み離れ離れになります。

今告白をしないと、告白する機会がなくなってしまうのでないかと不安です。

どうしたらよいのでしょうか。

（中三男子）

A 意中の子がいても何の意思表示もしなく、心の中に秘めたまま青春を終わったやつの方が多いように思う。

一方、告白して無残に散ったやつも多いと思う。また、その一方成就した奴もいることは事実だ。

秘めたままか、惨敗か、成就か。

その選択のすべてが「青春だった」と、私には言える。

若いということはまだ未熟であるということなんだ。

あたれ、ぶつかれ。

未熟でいいじゃないか。失敗いいじゃないか。

なーに、君たちは今やっと恋愛の門をたたいたところなんだから。

（2012年1月31日）

習字

Q 「人情　安宅の関」を買わせていただいた時、墨痕鮮やかにサインしていただきました。

なかなか味わいのある文字で、感激いたしました。

書はお若いころからたしなまれておいでだったのでしょうか。

（55歳マスターの大のファンの女子）

A お買い上げ有難う存じます。厚く御礼申し納めます。

書は小学生の頃、友達の顔で練習したくらいだった。

「人情　安宅の関」を出版してから、「時代作家は筆でサインしていただかないと困ります」と編集者から叱責されて、いきなり始めた。

若い頃、友人の顔で練習せず、しっかり和紙で鍛えておくべきだったと後悔している。

最近では、一休禅師の書に感銘して手本としている。

まあ、一休とは言わないまでも、産休ぐらいまで手を上げたと自負している。

号　産休

この「号」ではおんな文字になりそうだ。

もうちょこっと考えようっと。

（２０１２年１月31日）

飲酒運転

Q マスターはバテンダーは酒の話を書かない。手品師が手品の種を明かさないように、と書いておいでですが、これだけ法律で厳しく取り締まっても飲酒運転の事故が後を絶ちません。

この事に関してはどうお考えでしょうか。

（44歳地方公務員）

A 飲酒運転とはすなわち、自分自身を酔っ払い運転をするということであって、酒をいただく前から出来上がっている人のすることです。

酒に罪はありません。

（2012年2月1日）

男が浮気をする時

Q 男性が浮気をしたくなる瞬間、という話題がフェイスブックやツイッターで飛び交っています。しかし、私にはどうにも納得がいきません。

一、彼女に冷たくされている最中に、優しくしてくれる女の子に出会った時、
一、彼女から女らしさが感じられなくなった時、
一、彼女に自分以外の男性の話をされた時、
一、彼女が浮気をしているんじゃないかと感じた時、
一、付き合いが長くなってマンネリを感じた時、
一、女友達と飲みに行って二人ともいい感じになった時、
等がランクされていますが、今一つ納得できません。

男の人はそんな時に浮気をするものなのでしょうか。マスターの御意見をお聞かせください。（34歳女性）

A 浮気　特に気にする必要はありません。

詮索する、ほじくる、嗅ぎまわる。信じない。

羅列したが、嫌な言葉ばかりでしょう。四六時中こんなことを追及されたらあなただって我慢できなくなるでしょう。

そこだ。

浮気に走る一点は、そんな事を小うるさく突っつく煩わしさにあるのです。ところでマスターは、どんな時に浮気に走りますかって。

そんなことは決まっているじゃないか。とびっきりの美人にあった時だ。

（２０１２年２月１日）

バーのエチケット

Q 師匠　バーでの心得、エチケットをお教えください。（26歳酔客）

A バーでも、居酒屋でも、焼き鳥屋でも、蕎麦屋でも、鮨屋でも、心得はいずこでも変わらない。

酒食の場の心得、エチケットを体得した人とは、人間同士に心配りが出来るエチケットを持った人である。

バーの心得の神髄は他に何もありません。

どうぞ、倫敦屋酒場はあなた様のお

越しをお待ち申しております。

倫敦屋酒場亭主　戸田宏明
二代目主人　岳仁
（2012年2月2日）

女は学歴で男を選ぶ

Q 師匠　女の子が人生のパートナーを選ぶ対象の第一は学歴でしょうか。
（31歳高学歴者）

A 女心の分析は、おそらく、これから何億万年たっても解析されない謎でしょうね。

私にはわからない。

ただ言えることは、自分の夢を実現した男性には魅力を感じるらしい。

東大だって、ハーバードだって、サッカーだって、野球だって、事業だって、芸能だって自分の夢を実現した男にだ。

夢を持て。夢の実現に邁進しろ。

そして、それを実現しろ。

どうやら、それが男の魅力らしい。

学歴以上のだ。

と、高学歴者のあなたに慎んで解答申し上げます。

（2012年2月2日）

食の楽しみ

Q マスターは世界を旅されて食を楽しんでおいでですが、我々一般人はマスターのように余り張り切ったところにはいけません。やはりその国に行ったら何もかも見てやろうと欲張りになってしまって、どうしても食事にゆっくりと時間がとれません。どうしたらよいのでしょうか。
（60歳主婦業）

A ワンステイをなされることを提案いたします、マダム。
私はどこの国に行っても、観光地にも行かなければ、美術館にも、音楽堂にもいかない。

ただひたすら、飲むことと食べることのみである。

その国に行って、その国の文化を知ろうと思ったら、夜は大衆レストランで食事をして、朝は屋台、昼は食堂で飯を食えば全てが分かる。

酒の文化を知ろうとしたら、その町の一番賑わう酒場を訪ねることに尽きる。

なぜならば、食べること飲むことの楽しみには、実に多くの楽しみがつきものなのです。

食卓に並べられた器、食卓を囲むその部屋のつくり、しつらえ、迎えてくれる生演奏、絵画美術品、紳士たち、淑女たち。

美術館にも音楽堂にも行かなくても、

美術品が、音楽が必要だったその原点を知ることが出来る、体験出来る楽しみは酒場にあるのです。

私の場合、そのために朝は屋台、昼は食堂を余儀なくされている、所得の関係と研究心で。


（2012年2月3日）

ペット（愛玩動物）

Q マスターはペットをお飼いになったことはありますか。

（48歳主婦）


A 生き物を家に飼うということは根本的に嫌いだ。

ただし、子供が好きだ。それも5、6歳のピカピカの1年生ぐらいの子供には目がない。考え方、物の見方、行動の突拍子なさがたまらない。天才である。

それで私は、レストランや、乗り物の中で、そのくらいの年齢の子供にあったとき、どうしても注目してしまう。

そして必ずや私の予測をはるかに超えた変わった行動をしてくれる。

まったくの天才である。

ペットといっては失礼だが、面白くてかわいい。私は、ピッカピッカの1年生のコマーシャルが流れるとテレビにかじりついて見ていた。あれはテレビコマーシャルの中では秀逸ではなかったろうか。スポンサー企業は忘れてしまったが。

子役に食われるということはこの事を言うのではなかろうか。それぐらいこの頃の子供は天才なのだ。

しかし、これも家に飼うのは大変だけどね。

（2012年2月3日）

男心をキャッチする料理とは

Q マスターさま　男性は心のこもった手作り料理に弱いと聞きましたが、どんな料理が男性の心をつかみ、家に早く帰ってくるのでしょうか。お教えください。

（33歳新妻）

A 料理が上手だといって家に早く帰るとは限らない。しかし、料理が下手だといって遅く帰るとも言えない。ただ料理の上手い嫁を持つということは、料理が下手な嫁を妻に持つより人生が豊かであると確実にいえるのではなかろうか。ただし、料理の味イコール愛情と即結びつくかといえばそれも私は言を控える。

料理が下手だといって夫婦げんかをしたというのは聞いたことがあるが、別れたとまでいったとはあまり聞いたことがない。ところが、スタミナ料理が上手すぎて浮気されて別れたというのは聞いたことがある。

どうやら、一人前のところを三人前分作ったらしい。

多くを望んではいけないないですよ、新妻君。ご注意あれ。

まあ、とりわけ男性が、ホッとする料理というのは、京風にいえば「おばんざい」にとどめを刺す。

簡単に申し上げれば、日本古来から伝わる家庭料理のことである。

男心をつかむ料理の思い当るところを二、三。

まず大事なことは、器に盛った料理を置くワンプレートはもっての外だ。

一番基礎が引き締まっていますと、料理の色彩、盛りつけ、器の美しさを引き立ててくれます。テーブルがデコラの乳白色の新建材であるというのは勘弁願いたい。せめて自然木のテーブルぐらいは張り込みたい。毎日三度三度使うものだし、良いものであれば、何代にわたっても使えるし、2、3年でアホな粗大ゴミにホリ出さなくって良い。家庭の経済を守ろうとするなら何代にもわたって使える良いものをそろえることである。その精神が出来てはじめて家を守れる資格が出来たということです。

お話を元に戻すが、ただし、分厚い自然木そのままのテーブルは、シチューとかポトフといった鍋物しか図にならない。結婚して、いつまでも「大草原の小ちゃな家」をやっているわけにもいくまい。

家を守るということは長期経済計画なのであります。

さて、なかなかに良いテーブルが用意できたとしよう。

そのテーブルのど真ん中に、染付の大鉢に筑前煮もしくはゼンマイの田舎煮、または甘辛く煮付けたきゃらぶきをざっくりと盛って出す。

そして、ここが肝心なのだが、料理は美味しさ第一なのですが、その美味しさの上にさらに季節を感じる色彩感があれば、日本一の家庭料理になることうけあいであります。

色彩感とは季節の緑です。何でもよいが季節だ。そしてここが家庭料理の飽きさせないところだが、何もかもに季節の緑をつけてはいけない。ただ一点だけだ。

次に、いらない器、食器は、料理道具、調味料等々全て捨ててしまいなさい。

食器棚、メモボード、わけのわからない人形、写真みんな捨てるか片付けなさい。

これが男心を掴む料理の肝心なところであるのです。

さて、あなたはこの心得が出来たとして、ここで、酒の肴にもなり、ご飯の菜にもなる魚の煮つけぐらいは書いておこう。

季節の白身魚をご用意いただきたい。家庭料理であるから、その時期の一番獲れている鮮度の良い白身魚を用意する。一番獲れている季節の魚が一番安くてその季節が必要とする栄養がある。これも家庭の経済学である。

ここはとりあえず、カレイかカワハギとしましょう。

(但し、青み魚、川魚はこれにあたらず)

こういう白身魚の煮つけというのは、みりんと日本酒を半々に合わせサッーと煮立ったところに、薄口しょうゆを落とします。煮汁の分量は入れる魚の半分ぐらいです。これ以上汁の分量が多いとおつゆのようになって、折角の旨味が汁の方に出てしまって、美味しく煮付けられません。

魚を煮る時は中まで火を通したいので、魚はなべの底になる方に一本包丁を入れておきます。それから蓋をします。煮汁が半分ぐらいですから、蒸し煮といった塩梅になります。

ここが、魚を煮つけるポイントであります。

もしお子様がいらしゃるのであれば、お砂糖を少し足して炊けばよろしい。

手間だって。

あなたが今便利だ重宝してると使っておいでの電気炊飯器、電子レンジ、魚焼き機、それを開発するのに手間がかかった。手間をかけなくなったのは奥さん、あなただけだぜ。


（2012年2月4日）

講演会

源平ロマン記念講演会
『勧進帳のある風景』
と　き　2月25日(土)14時～15時30分
ところ　こまつ芸術劇場うらら小ホール
入場料　無料
講　師　戸田宏明

　昨年、勧進帳の富樫左衛門泰家を主人公にした長編小説「人情　安宅の関」を執筆した戸田宏明氏を講師に招きます。

　戸田氏が語る、富樫左衛門泰家の優しさと度胸とは―。

　勧進帳や安宅の関の新たな魅力を発見してみませんか

安宅の関の関守、富樫左衛門泰家の、
果たしてその人となりとは、
その人物とは、その武勇とは、その
愛とは
そして、その後の富樫とは
誰もが知っていて、誰もが知らない
富樫
今そのすべてが解き明かされた。
2月25日　乞ご期待

（2012年2月4日）

美人に勝つ方法

Q 私は自分では十人並みぐらいだとは思っているのですが、男性はやはり美人に弱いのか、私なんかはいつもカヤの外です。美人に勝つにはどうしたらよいのでしょうか。

（20歳彼氏が出来ない女性）

A 釣り場に出かけなければ魚は釣れない。

全てのチャンスをつくるのは積極策です。行動です。

化粧、痩身、整形、髪型、しぐさ、表情、エロチズム、ファッション、世の中にチャンスを与えてくれる技術は溢れています。人以上に磨けであります。

餌もつけずに魚を釣ろうとするから釣れないのです。釣りの極意はライバル以上に生きたぷりぷりの餌をつけ、魚の目の前でちらちらさせて我慢できなくさせるにあります。

されば、あなたもこの釣法をマスターすれば、今度は他の女性からライバルと見なされるようになります。

但し、どんなに磨いてもお飾り人形ではいけません。ぷりぷりのぷりぷりのそそり餌をつけることです。

そうです。そこからも積極策です。女としての積極策です。

なにしろ男性が相手ですから。

そこが知りたいって。

慌ててはいけない。それから先はお磨きになってからだ。

されば、いやでも男性が積極的になって来る。

お磨きが完成されたとあれば、わたしだってうかうか出来ません。

（２０１２年２月５日）

老後の過ごし方

Q いよいよ定年を迎えます。

旅行とか、好きなゴルフでもして過ごそうかと思っていますが、マスターはどういうお考えですか。

（59歳会社員）


A おじいさんは山にシバ刈りに、です。

日本の古典に則《のっと》って。

（２０１２年２月５日）

音楽に寄せて

Q マスターは生きる支えとしての音楽に対してどうお考えですか。どういう位置付けですか。参考にします。
（39歳ある音楽家）

A シリアス（真面目）ミュージックよ

りもポップ（民衆的）ミュージックに惹かれる。

簡単にいえば、演歌や民謡や謡や浪曲が好きである。

ただし、小学生の頃、卒業式の時だけ歌われる別れの歌「オールド・ラング・サイン」。日本では「蛍の光」として知られているが、この歌が大好きで良く歌っていた。それで、随分と変な子だと思われていた。

中学生になって運動会の入場行進曲として良く流された、エドワード・エルガーの「威風堂々」が好きになって、自転車に乗って良く口ずさんでいた。そうそう「天国と地獄」も良く口ずさんでいたっけ。

高校に入って、洋酒バーでバイトをするようになって、ジャズとかかわるようになった。ソニー・クラーク、スタンレー・タレンタィン、ジミー・スミス、マイルス・ディビス、リー・モガン、ウェントン・ケリー、ケニー・バレル、フランク・ストロジャー、ソニー・ロリンズ、ルー・ドナルドソン等々聞きまくった。

その一方、青江美奈だった。フランク永井、石原裕次郎、ロス・プリモス、松尾和子だった。

ここではっきりしてきたことだが、どうやら私は、酒を旨くする音楽を好んでいるらしい。それ以外を音楽として受け入れてないわがままな面がある、そのことに今気付いた。

そして、最近では、これが嵩じてき

て三味《しゃみ》の音に凝っている。
私の音楽観は、生きる支えとしてではなく、酒の支えとしてである。

（2012年2月5日）

湯豆腐

Q 冬のこの時期の楽しみといったら、熱燗、湯豆腐でしょうか。しかし、湯豆腐にはそれぞれの流儀があって大変面白いものです。そこでマスター流の湯豆腐をお聞かせください。

（62歳世捨て人）

A 先祖が造り酒屋だった我が家に伝わる湯豆腐であるが、これが湯豆腐と呼べるものかどうか。
まずは、土鍋に酒だけを惜しげもなく張ります。昆布は使わない。酒だけである。煮立ってきたら、菜種油をゆっくりとたらしいれる。加減としては、うっすらと色がつけばそれでよい。豆腐をお玉（木杓子）で食べる分だけカットして、そっと鍋に入れる。ぐらっときたら、慎重に掬いあげて、温めておいたぽん酢でふうふういいながら食べる。

ちり酢
柚子のしぼり汁とレモンの搾り汁
1対3の割合であわす
煮切り酒　　同分量
薄口醤油　　同分量
つまり、1、1、1の割

これを、鍋の中で温めると菜種油が張ってあるので、別に温めておく。

皿に大根おろしの水気を軽く絞ったものに、細かくきざんだ青ネギをざっくりと混ぜ合わせたものを用意しておく。

おろし生姜、一味唐辛子はお好みでというのが我が家流でありますが、これを湯豆腐といってよいものかどうかだが、我が家では酒豆腐と呼んで冬の寒い日をしのいでいた。

（2012年2月6日）

凄腕の女性

Q マスター 小説や映画に良く凄腕の女性が出てきますが、マスターはそんな女性を知っていますか。対戦したとかでなく小耳にはさんだお話でもお知りでしたらお聞かせください。
（26歳研究員）

A 小耳にはさんだ話である、と前置きをしておきます。

当時36歳というぽちゃとした小柄なとあるバーのママさんだったが、結婚するとたちまち相手の旦那がやせ細って荷物をまとめて逃げていく。それが6人続いたそうだ。なかには病院送りにもなったという話も聞くほどの凄腕の女性という評判だった。

そりゃ、プロレスラーや格闘家みたいな強健な男性でさえも1年ももたないのだから。

そこで、なにをしてそんなに凄腕になったのであろうかと、とある病院の院長先生が興味を抱いて、そのママさんの食事を1カ月追いかけたそうだ。

すると、答えがわかったといって私に教えてくれた。

彼女の昼ごはんは、美容院に行ったり、エアロビに通ったり、ゴルフに出掛けたりで、自分で料理を作る時間がないといって毎日「うな重」だそうだ。

同伴はステーキ・ハウスか、フレンチ。

深夜は決まって焼き肉屋、たれにおろしにんにくをどっさり入れ召し上がられるそうだ。それで朝飯は、いつもあっさりと、山かけご飯。しかも、内容たるやは、納豆とおろした山芋に生卵をかけ、もみのりをたっぷりかけて召し上がられるそうだ。

そして、その話をしてくれたドクターがその1カ月後亡くなった、やせ細って。

まあ、研究に命をかけた名医であられた。享年51。

あなたも私みたいに小耳に挟むだけにしときなさい。

研究員というのはすぐに研究したがるんだから。

その研究をするとなると、あなたは
「私は運の良い男だ」

と、研究に熱が入り過ぎ、

「先生の二の舞になって研究に殉死します」

と、私は声を大にして御忠告申しておと

きます、ぞ。

（2012年2月6日）

給料を上げる方法

Q 師匠　折角大学に入ってそこそこ一流企業に入ったのになかなか給料が上がりません。それどころかこの世界同時不況のためにボーナスはカットされ人生設計が滅茶苦茶です。今はただ家のローンに追われている日々が続いています、そこそこの会社に勤めながらです。いったいどうしたらよいのでしょうか。

（35歳企業人）

A 会社というところは、自分が会社を大きくしないと給料は上がらないところです。

以上

（2012年2月7日）

新入社員教育法

Q 今の若い人たちはどうにもつかみきれません。新入社員の教育法をお教えください。

（悩める社員教育係）

A マニュアルをすべてなくすることでしょうか。

我々の時は、人と会うことが勉強であり、修業であった。

だから、熱心に先輩の話を聞き、誘われれば「しめた」といって付き合い、進んで社外授業を受けた。

組織は、長年の知識、経験、知恵が積み上げられ、組み立てられて来た。個ではなく集団戦で戦える統合体である。完成品であるという。師がいらないという。

マニュアル通りにやっていれば退社時間が来るという。

だから社員教育とは、マニュアルを廃止することにある。

極論すれば、尋ねられるまで教えないことに尽きる。

現代社会は素人が名人と錯覚している世の中なのだ。

親切すぎる。

私の若い頃は、上司から声をかけられたら、素早く返事をした。

それでも、仕事は教えてはもらえなかった。

見ながら習う、見習いだったのだ。教えてはもらえなかったが、毎日見ていてすっかり型が身についた。

人生は修業なのだ。

（２０１２年２月７日）

食べた〜い

Q お寒い日が続きます。師匠にはいかがお過ごしですか。

小生はただひたすら酒の日が続いています。最近では全ての肴に飽きてしまって何か身の引き締まる肴を一品お教え願えないものでしょうか。

（41歳グラフィックデザイナー）

A あなたは、1月の中旬から2月の後半までの、雪の舞い散る厳冬期に獲れた加賀、能登沖の寒鯖《かんさば》をお召し上がりになったことが御有りですか。鯖は関サバだろうって、なに寝言を言っているんだい。

あんなロシアのおばさんみたいなあぶらっこい鯖を、日本一だと言ったら世間から笑われるよ。

荒れ狂う5、6メートルの波が渦巻いてる中で生き抜いている北国の寒鯖だ。第一生命力が違う。

丸っぽくて、どてっとしたロシアの重戦車じゃないんだこの辺の鯖は。きりっと引き締まった、いなせな味だ。背なの鳶半纏雷文様《とびばんてんいかずちもんよう》はきっぱり銀流し男好みだ。

いいかい、そんじょそこいらの物と物が違う。指で押してごらんびっくりするぜ。

鋼鉄だ。鋼《はがね》だ。ボデービルダーだ。鍛え方がちがうんだ。雪の日本海の荒波だぜ。

どうだい。私がさかんに日本一だと言っているのがわかったろう。

食べなきゃわからない。そりゃその通りだ。あんたなかなかしっかりしてる。

じゃ、本日は特別サービスだ。その召し上がり方を教えるから、耳の穴かっぽじって聞いていな。

刺身も旨いが、その上を行くのが〆鯖だ。

この〆鯖作りのコツと言ったら唯一点、能登、加賀の寒鯖の獲れたてを手に入れる、この事に尽きちゃいますが、本日は我が父君が御国のために出征なされた目出度い日だ。だから本日は特別に秘伝中の秘伝を教えちゃいます。

〆鯖作りの肝心なところは引き算だ。飲み始める時間からの引き算、この算用が出来なくっては〆鯖をつくる資格がない。

尋常ぐらいは出ていて算用は大丈夫だって、それなら、隠しっこなしに教えよう。

寒鯖をひと息に三枚に下ろす。

おろしたての寒鯖に雪が降り積もったかのように静かに塩を振る。

冷蔵庫にきっかり2時間寝かしておく。4時間だ、5時間だと色々かしましいが鯖が違うんだ信じろよ。

2時間きっちりに冷蔵庫から取り出したら、流しぱなしの冷水でサッと塩気を洗い流す。流しましたら直ちに水気を拭いていただきます。

次に、小骨がありますから、丁寧に

毛抜きで小骨を抜いておきます。

これで初めて酢で〆るのですが、砂糖をよく溶かし込んだ酢を用意します。

これから時計できっちり計って4分35秒。

さあ、この間に酒の用意と山葵を下ろす。

鯖の周り1、2ミリがうっすらと白く霞んでいるでしょう。

これだ。

切れの良い刺身包丁でスーッとひと息に引いてごらんなさいよ。どうだい。行燈《あんどん》に浮かび上がった湯上り美人、ハッと息をのむこと請け合いです。

いいでしょう。

なんとも言えない、うすら紅色、エロチズムの極致です。


私は品行方正で決して好色な人間ではありませんが、これぱっかりは我慢が出来ません。

いや、美人に弱いは世の常だ。

かぶりつくよ。

どうだい、どうだい。だまってねいで何とか言えよ。

なんだ、なにを言ってるんだ。もう少し大きな声で言えよ。男だろ。

ロシアのおばさんじゃないって。

しっとりしていて、香りがいい。それに弾きっかえす弾力があるのに、からみ付いてくる。嵐のように押し掛けてきたかと思ったら、打って変わって穏やかにいつまでも尾を引く澄んだ引き波、泣かす味だって。

文学的じゃねかか。尋常じゃねいな。

大学は出てんだろ、教養があらァ。〆鯖です。
あと1カ月あるかなしです。
加賀能登の寒鯖を食べずして冬を語っちゃいけませんや。
冬の後半を締める酒の肴は鯖だ。
〆鯖だ。

（2012年2月8日）

なりたい職業No.1

Q 師匠がもし日本の最高学府東大生であったなら、職業は何を選択なされますか。政治家ですか、官僚ですか、金融界ですか。お教えください。

（21歳大学生）

A 君ィ、恥ずかしいことを聞いてはいけない。

当然、日本の将来を考えて、小学校の教師です。なにしろ、自分より出来る子と早く出会いたいからである。すると、自分よりはるかにできる子を育てることが出来る。

日本の最高学府を卒業するものは、日本の将来をつくるという志を待っていなければならない。それには、小学校の教師以外に職業は考えられない。

日本の将来をつくるのは子供たちだからだ。

「日本の将来をつくる先兵に立つ、それが日本の最高学府をトップで卒業するものの義務である」
と、私は言ってみたかった。
志は東大生以上に崇高で美しいのだけど、小学校では開校以来の劣等生で廊下の似合う子供だった。
この質問、私に答えろというのはちょっと無理があったかな、あったなあ。

（2012年2月9日）

失敗

Q 師匠　人類の失敗は戦争でしょうか、なんでしょうか。

（35歳研究生）

A 欲望です。
際限のない欲望が作り出したところの文明です、人類の失敗は。

（2012年2月9日）

結婚と平和

Q 師匠、人類は愚かな戦争を永遠にやめることはできないものなのでしょうか。英知も愛も持ち合わせていながらですよ。お教えください。

（46歳ウーマン）

A 結婚以上の失敗を人類は、そうたびたびするものではない、です。
私の見識としては。

愛を頂戴

（2012年2月9日）

Q 師匠　この世で一番大切なものは愛ですね。愛なくして人間が生きていたって虚しいものです。もっとそのことを啓蒙していけば人類はもっと幸福になれるのではないでしょうか。如何ですか。

（32歳バレリーナ）

A この世の中で一番大切なものは、嘘だ。

愛を得、愛を育て、愛を守る嘘だ。

と、私が言うのではなく、政治家が教えてくれているではありませんか。

就職

（2012年2月10日）

Q 社会経済の状態が悪く不振のため、雇用環境が悪く、職に就くことが困難です。そのため、まったく人生設計が立てられず困っています。どうしたらよいでしょうか。

（22歳学生）

A 人生設計を立てて、創業した人がいたら教えてほしい。

就職とは、経済状態でも雇用環境でもない、本人の値打ちだ。

あなたがもし面接官だったら、100円ショップや、ディスカウントショップや、食べ放題の飲み放題で育った薄っぺらな人物を採用しますか。資格がすべてとあれこれ羅列した、なに一つにも熱意を持たない、時代の情報に振り回されるおっちょこちょいを採用しますか。

ノーでしょう。

就職試験とは、自分の会社を大きくしてくれる大人物を発掘する場なんだ。

面接官は自分よりはるかに優れた大人物を待っているのです。

「堂々と渡り合え」

と、私は申したい。

但し、付け焼刃じゃいけない。日頃だろうね、日頃の在り方だ。

そして、敢えてもう一度、私は書きとめておきます。

人生設計を立てて創業した人は皆無である。

創業とは命をかけることである。

ならば、

就職とは、命をかけてその会社を大きくすることである。

以上。

（２０１２年２月10日）

幸福というもの

Q 幸せとはどんなものでしょうか。（女性）

A 知らぬことです。

他人と比較しないことです。

何も知らない人が一番幸せです。

（2012年2月11日）

あそこに毛が生えた

Q 先生　悩んでいます。実はあそこに毛が生えてきたんです。

少年クラブの帰りにみんなでスーパー銭湯に行きましたが友人たちは誰一人として清潔な綺麗なつるつるのままです。気になって仕方がありません。

100円で剃刀を買ってきて剃ってしまった方がよいでしょうか。お教えください。

（小5男子）

A 私の場合、栄養状態が悪かったのか、中学に入ってからだった。先輩からそんな話を聞いていて心待ちしていたが、いっこうに生えてくる気配も感じられなかった。それが湿り気の多い梅雨時のある朝、小隊規模で発芽しているのを発見した。しかし、心待ちしていた心境とは裏腹になにか、不潔感を感じたなあ、少年の僕としては。
それで、
現在のあなたと同じく剃ってさっぱり爽やかに全体が見渡せるように私は親爺の剃刀で剃ってしまった。

ところが、3日ほどたった時、今度は別の小隊が人数を増やしてやってきた。

私は考えた。

一個小隊が全滅したのだから、敵は人数を増やして精鋭でやってきて当然である。でなければ先発の小隊の死は無駄死にである。

そこで今度は剃ることをやめ、じっくりと、一本一本どれほどの能力を持った奴らなのか分析した。

まだまだ、それぐらいの規模だった。

だから念入りに調べてみた。

いやあ、一本一本個性的な奴らで曲がったのやら、ねじれたのやら、太いのやら、細いのやら、長いのやら、短いのやら、それぞれがそれぞれの顔を持っていた。

それに芽を出したばかりの微笑ましいのもいる。

私は、毎朝の研究が日課になった。

そのうち、こうゆうものは朝だけの研究ではわからないことに気づいた。

私は夜も研究をすることにした。

しかし、ここが研究者の弱みで、研究をし出したら、これが四六時中気になり出して、学校のトイレでも研究を続けた。

この壮大な研究はやがてノーベル賞につながるんじゃないか、人類のために役立つんではないかと真剣に思っていた。

ところがある日突然、首が下を向いたまま上がらなくなって呼吸が困難になってしまった。

私はドクターに連れて行かれた。研究に没頭しすぎた余り首筋を痛めたのだ。

私は首筋が治るまで病院に15日間入院させられた。

退院後気になってそーっと見てみたら、これがなにがなんだかわからなくなるほどの大部隊が駐屯していた。

それでは私の研究は続けられないことを悟った。

非常に残念だったが、私は研究の幕を下ろした。ノーベル賞が取れたのにもかかわらずだ。

その後、2カ月ほどリハビリに通い首は正常になったが、高校受験に失敗するという落ちがついてしまった。


剃りたかったら剃れ。

さっぱりしたかったら、さっぱりしろ。

あまり気にするな、大きく生きろ。

そうでないと、あなたも首を痛め、高校受験に失敗するという痛い目にあうぞ。

「股ぐらを見つめる男より、もっと将来を見据える男になれ」

この言葉はその時の主治医の言葉だが、今私はあなたに贈る。

です。


（2012年2月11日）

勧進帳外伝『人情安宅の関』

恐らく本書は、「勧進帳」に登場する富樫左衛門泰家を主人公にした初めての長編小説ではないか、と思われる。

しかも新人の第一作である。私はこの一巻を星3つとするか、星4つとするか、さんざん迷った挙句、星4つとした。初めての小説であるから、欠点をあげつらおうとすれば、幾らでも出来よう。だが、この長編には、そうした未熟な部分を補ってあまりある、作者の心意気があった。ダンディズムがあった。

それは、「『勧進帳』の主人公は義経でも弁慶でもない。富樫太郎泰家の、腹切る覚悟で義経一行を見逃した、男気あふれた侍魂である」と断じる作者自身の思いであろう。侍心すなわち、義であり絆であり、近頃、実に嬉しい言葉を聞く。

そして富樫に惚れ込んでいながら作者は、それに溺れることなく、優れた語り部として筆を運んでいく。不器用な富樫が、将来、妻に迎える萩野に向かって自分の名前を連呼する微笑ましいシーン。ラストへの伏線となる、源平双方の百本矢の試合のくだり。さらには、北国の自然と風土感の中に作中の人物の心情を託す、巧みな小説作法等々。

近頃これほど爽やかな作品も珍しい。

（縄田一男）

日本経済新聞（夕刊）２０１１年６月18日（水曜日）

（2012年2月11日）

遊びをせんとや生まれけむ

大波加 光男

正直、よくもこんなに続くものだなぁと、感心する。

「世紀の二枚舌」は、いまから二十六年前の一九九五年十月に始まった。当時金沢で人気のあったタウン誌「月刊ＣＬＵＢ」で、読者から質問を募り、倫敦屋酒場マスター・戸田宏明さんが豊富な人生経験と博識をもとに回答。時には厳しく、時には優しく、時にはやらしく、悩める若者たちに世の中をたくましく生きるためのアドバイスとエールを送った。連載は一九九七年十二月号で終了。二〇〇一年九月にエッセイ、旅行記を加えて文庫本で刊

行された。（現在は絶版。どうしても手に入れたいという人は、古書店、リサイクルショップ、ネット等でお探しください）

その後、二〇〇三年五月から月刊「北國アクタス」（北國新聞社）で六年半ぶりに連載再開。それまでのQ＆A形式とは異なり、威勢のいい講談調の語り口で金沢の町づくりを斬り、再開発や祭り、観光、教育について切っ先鋭いオリジナルの提言を展開。まさに二枚舌の名調子、本領発揮の連載となった。そしてこのころに倫敦屋酒場のホームページが完成。そこでQ＆A形式に戻った「新・世紀の二枚舌」WEB版が十七本のみ公開され、これらとエッセイ、短編小説を収めた文庫本「新・世紀の二枚舌」が二〇〇八年六月に北國新聞社から刊行された。

それから二年あまり、二枚舌はぴたりと口を閉ざす。これには理由があり、実はこの時期、戸田さんは本格歴史時代小説の取材・執筆に追われていたのです。二〇一一年五月、「人情　安宅の関」を論創社より刊行。

そして二〇一〇年八月十六日、アメーバブログで「世紀の二枚舌」が再々スタート。連載当初はネットに不慣れなせいもあってか、最初の四カ月が六本、九本、八本、八本と三、四日に一度の更新と少なかったが、それからは一気に頻度が高まり、二〇一九年六月にはついにひと月で一五一本のQ&Aを公開。毎日五本のハイペースである。

二〇一九年

一月　一二一本
二月　一〇八本
三月　一一六本
四月　一一〇本
五月　一二四本
六月　一五一本
七月　一二七本

八月　一〇二本
九月　一一一本
十月　一〇一本
十一月　一一三本
十二月　一二五本

二〇一〇年八月から二〇二一年九月までの原稿を合計してみると、一一五〇九本。一日平均約三本もの原稿を書き続けていることになる。ちょっとドウカシテルンジャナイカと疑うほどの量である。

戸田さんが師と仰ぐ直木賞作家の山口瞳氏は、週刊新潮に「男性自身」を連載。一九六三年十二月二日から一九九五年八月三十一日号まで、連載回数一六一四回、三十一年と九カ月もの間、一度も休載することがなかった。もしかしたら「世紀の二枚舌」は、戸田さんにとっての「男性自身」なんじゃないだろうか。

二〇一二年十一月「世紀の二枚舌3」、二〇一五年八月「世紀の二枚舌4」、

二〇一七年十一月「世紀の二枚舌5」を北國新聞社より刊行。いずれも、アメーバブログで発表したものを一部加筆し、掲載している。さらに二〇一九年四月には、「うつけ 青年信長記 上巻」を新潮社より刊行。

作家・戸田宏明さんの本業はバーテンダーである。いまも毎晩カウンターの中に立ち、五十八年磨き続けてきた職人の技で全国から訪れる人たちを酔わせている。まったく、後期高齢者になってますます艶っぽさが増してきた。早朝に「世紀の二枚舌」を更新したあとは、自然の番人として所有する山の領地を見回り、自宅に戻り歴史時代小説の構想を練り、資料を読み解き、執筆をする。さらに最近になり、インスタグラム『倫敦屋酒場広告五十二年史』を始め、こちらも毎日休むことなく写真を投稿。その一枚一枚になんとも小憎いコメントをつけ、フォロワー数も日に日に増えてきている。まったく、恐るべき後期高齢者なんです、戸田さんは。

ある日の夕方、戸田さんから電話がかかってきた。

「次はYouTubeチャンネルを開設しようと思うんですが、どうでしょう」

戸田さんは人生を愉しむ名人である。僕は「いいですねぇ」と言うしかなかった。

著者　戸田宏明（とだ・ひろあき）

1946年6月8日、石川県小松市に生まれる。69年「倫敦屋酒場」を開業。多くの作家、映画人、著名人が訪れる全国屈指の洋酒バー。「人間のいきがいとは、新しいものを作り出す時間をもつことである」が座右の銘。洒脱な生き方と小粋な文書にもファンが多いが、職人マスターの作ったカクテルは全国の人に「これもまた、金沢の宝物」と絶賛され、訪れる人が後を絶たない。

コピー協力

大波加事務所（名文堂）　大波加光男

デザイン

田村デザイン事務所（現代浮世絵師）　田村清明

世紀の二枚舌 6

2022年7月1日　第1版第1刷

著　者　戸 田 宏 明

発　行　北國新聞社

〒 920-8588
石川県金沢市南町２番１号
TEL 076-260-3587（出版局）
Eメール　syuppan@hokkoku.co.jp

ISBN978-4-8330-2263-7

本書は、「世紀の二枚舌WEB版」2011年10月1日〜2012年2月11日の原文を一部加筆したものです。